AF187368

Tucholsky Wagner Zola Scott Sydow Freud Schlegel
Turgenev Wallace Fonatne
Twain Walther von der Vogelweide Fouqué Friedrich II. von Preußen
Weber Freiligrath Frey
Fechner Fichte Weiße Rose von Fallersleben Kant Ernst Frommel
Engels Fielding Hölderlin Richthofen
Fehrs Faber Flaubert Eichendorff Tacitus Dumas
Maximilian I. von Habsburg Fock Eliasberg Zweig Ebner Eschenbach
Feuerbach Ewald Eliot Vergil
Goethe Elisabeth von Österreich London
Mendelssohn Balzac Shakespeare Dostojewski Ganghofer
Trackl Lichtenberg Rathenau Doyle Gjellerup
Stevenson Hambruch
Mommsen Tolstoi Lenz Hanrieder Droste-Hülshoff
Thoma von Arnim Hägele Humboldt
Dach Verne Hauff
Karrillon Reuter Rousseau Hagen Hauptmann Gautier
Garschin Defoe Baudelaire
Damaschke Descartes Hebbel Hegel Kussmaul Herder
Wolfram von Eschenbach Dickens Schopenhauer Rilke George
Darwin Melville Grimm Jerome
Bronner Campe Horváth Aristoteles Bebel Proust
Bismarck Vigny Barlach Voltaire Federer Herodot
Gengenbach Heine
Storm Casanova Lessing Tersteegen Gilm Grillparzer Georgy
Chamberlain Langbein Gryphius
Brentano Lafontaine
Strachwitz Claudius Schiller Schilling Kralik Iffland Sokrates
Katharina II. von Rußland Bellamy Gerstäcker Raabe Gibbon Tschechow
Löns Hesse Hoffmann Gogol Wilde Gleim Vulpius
Luther Heym Hofmannsthal Klee Hölty Morgenstern Goedicke
Roth Heyse Klopstock Puschkin Homer Kleist
Luxemburg La Roche Horaz Mörike Musil
Machiavelli Kierkegaard Kraft Kraus
Navarra Aurel Musset Moltke
Nestroy Marie de France Lamprecht Kind Kirchhoff Hugo
Laotse Ipsen Liebknecht
Nietzsche Nansen Ringelnatz
Marx Lassalle Gorki Klett Leibniz
von Ossietzky May vom Stein Lawrence Irving
Petalozzi Knigge
Platon Pückler Michelangelo Kafka
Sachs Poe Liebermann Kock Korolenko
de Sade Praetorius Mistral Zetkin

Der Verlag tredition aus Hamburg veröffentlicht in der Reihe **TREDITION CLASSICS** Werke aus mehr als zwei Jahrtausenden. Diese waren zu einem Großteil vergriffen oder nur noch antiquarisch erhältlich.

Symbolfigur für **TREDITION CLASSICS** ist Johannes Gutenberg (1400 — 1468), der Erfinder des Buchdrucks mit Metalllettern und der Druckerpresse.

Mit der Buchreihe **TREDITION CLASSICS** verfolgt tredition das Ziel, tausende Klassiker der Weltliteratur verschiedener Sprachen wieder als gedruckte Bücher aufzulegen – und das weltweit!

Die Buchreihe dient zur Bewahrung der Literatur und Förderung der Kultur. Sie trägt so dazu bei, dass viele tausend Werke nicht in Vergessenheit geraten.

Mexicanische Nächte - Zweiter Theil

Gustave Aimard

Impressum

Autor: Gustave Aimard
Umschlagkonzept: toepferschumann, Berlin

Verlag: tredition GmbH, Hamburg
ISBN: 978-3-8472-3756-3
Printed in Germany

Gustav Aimard

Mexicanische Nächte – Zweiter Theil

Leipzig.
Verlag von Chr. E. Kollmann.
1865.

Mexikanische Nächte.

Von

Gustav Aimard.

Aus dem Französischen übersetzt.

Zweiter Theil.

Leipzig.
Verlag von Thr. C. Kollmann.
1865.

I.

In der Ebene.

Nachdem Olivier und Dominique den Rancho verlassen hatten, ritten sie lange schweigend neben einander; der Abenteurer schien in tiefe Gedanken verloren und der Vaquero war trotz seiner scheinbaren Sorglosigkeit ebenfalls nachdenklich.

Dominique oder Domingo – je nachdem man ihm seine französische oder spanische Bedeutung beilegen will – dessen äußeres Portrait wir bereits in einem früheren Capitel geschildert haben, war in moralischer Beziehung eine seltsame Mischung von guten und bösen Instincten; wir müssen jedoch hinzufügen, daß die guten fast immer überwiegend waren. Das herumirrende Leben, welches er mehre Jahre unter den wilden Indianern der Prairien geführt, hatte bei ihm, außer einer großen körperlichen Kraft, eine unglaubliche Willensstärke und Energie des Characters entwickelt, verbunden mit dem Muth eines Löwen und einer Schlauheit, die zuweilen an Falschheit grenzte. Listig und mißtrauisch wie ein Comanche, hatte er in das civilisirte Leben alle Erfahrungen der Waldläufer übertragen; indem er sich niemals, selbst nicht durch die unvorhergesehensten Ereignisse überraschen ließ, sondern den forschendsten Blicken ein gleichgültiges Gesicht zeigend, eine naive Gutmüthigkeit zur Schau trug, durch welche selbst die gescheidtesten Leute getäuscht wurden. Damit vereinigte er meistens eine seltene Offenheit, einen unbegrenzten Edelmuth, eine Weichheit des Herzens, daß er für Diejenigen, welche er liebte, eine außerordentliche Ergebenheit zeigte, während er in seinem Haß unversöhnlich und von wahrhaft indianischer Wildheit war.

Mit einem Wort, es war eine jener seltsamen Naturen, die eben so geneigt zum Guten wie zum Bösen sind, und aus denen die Gelegenheit so wohl ausgezeichnete Männer, wie die größten Bösewichter macht.

Oliver hatte den außergewöhnlichen Character seines Schützlings tief studirt, und so wußte er, vielleicht besser als dieser selbst, wessen er fähig war, und oft bebte er, wenn er die verborgenen Falten dieser seltsamen Organisation, die sich selbst nicht kannte, sondirte und diese unbezähmbare Natur unter seinem Willen beugte; denn

8

er sah den Moment voraus, wo die auf dem Grund des Herzens des jungen Mannes siedende Lava plötzlich unter dem ungestümen Hauche der Leidenschaften hervorbrechen würde. Deshalb auch berührte er, ungeachtet des vollkommenen Vertrauens, welches er zu seinem Freunde zu haben schien, nur vorsichtig in ihm gewisse Saiten, und hütete sich wohl, ihn zum Bewußtsein seiner Stärke und der Ausdehnung seiner moralischen Kraft zu bringen.

Nach einem Ritt von mehren Stunden waren die Reitenden ungefähr drei Meilen von der Hacienda-del-Arenal an dem Saum eines dichten Gehölzes angelangt, welches die äußersten Plantagen der Hacienda begrenzte.

»Laßt uns hier Halt machen und uns durch unsere Vorräthe stärken,« sagte Olivier, indem er vom Pferde stieg; »hier ist für den Augenblick das Ziel unserer Reise.«

»Es wird mir lieb sein, mich im Grase auszustrecken,« versetzte Dominique, »denn ich gestehe, die Sonne, die uns seit dem Morgen immer senkrecht auf den Kopf scheint, beginnt mir lästig zu werden.«

»So genirt Euch nicht, Kamerad; der Platz ist schön zum Ruhen.«

Die beiden Männer befestigten ihre Pferde, denen sie die Zügel abnahmen, um sie nach Belieben weiden zu lassen, und nachdem sie im Schatten der dichtbelaubten Bäume sich einander gegenüber gesetzt hatten, griffen sie in ihre wohlgefüllten Alforjas und begannen ihre Vorräthe mit gutem Appetit zu verzehren.

Keiner der beiden Männer war ein großer Schwätzer; so war denn auch ihre Mahlzeit schweigsam und erst als Olivier sein puro und Dominique sein indianisches Calumet angezündet hatte, entschloß sich der Erstere das Wort an den Andern zu richten.

»Nun, Dominique,« begann er »was denkt Ihr von dem Leben, welches ich Euch in dieser Provinz seit einigen Monaten führen lasse?«

»Um die Wahrheit zu sagen,« antwortete der Vaquero, indem er eine dichte Rauchwolke hervorstieß, »würde ich Euch schon längst gebeten haben, mich wieder in die Prairien zurückzuschicken, wenn ich nicht überzeugt wäre, daß Ihr meiner bedürft.«

Olivier fing an zu lachen.

»Ihr seid ein wirklicher Freund,« sagte er, ihm die Hand reichend, »stets ohne Einwendung zum Handeln bereit.«

»Ich schmeichele mir, daß es so ist; besteht die Freundschaft nicht in Selbstverleugnung und Ergebenheit?«

»Ja, und das ist es gerade, warum man ihr so selten unter den Menschen begegnet.«

Ich beklage Diejenigen, welche unfähig sind dieses Gefühl zu empfinden, sie berauben sich einer großen Freude. Die Freundschaft ist das einzig wirkliche Band, welches die Menschen aneinander kettet.«

»Viele glauben, es sei der Egoismus.«

»Der Egoismus ist nur eine andere Art derselben, er ist die schlecht verstandene und zu niedrigen Verhältnissen herabgesunkene Freundschaft.«

»Ei, ich glaubte Euch nicht so bewandert in Paradoxen. Habt Ihr diese Spitzfindigkeiten der Sprache bei den Indianern gelernt.«

»Die Indianer sind weise Menschen, mein Gebieter,« antwortete der Vaquero kopfschüttelnd, »für sie ist das Wahre wahr und das Falsche falsch, während in Euren Städten es Euch gut gelungen ist, Alles so zu verwirren, daß selbst der Schlaueste sich nicht zurecht zu finden weiß und der einfache Mensch bald das Gefühl für Recht und Unrecht verliert. Laßt mich in die Prairien zurückkehren, mein Freund, mein Platz ist nicht inmitten dieser erbärmlichen Kämpfe, die dieses Land mit Blut tränken und mein Herz mit Ekel und Mitleid erfüllen.«

»Ich möchte Euch gern Eure Freiheit wiedergeben, mein Freund, aber ich wiederhole es Euch, ich bedarf Eurer vielleicht drei Monate noch.«

»Drei Monate, das ist eine lange Zeit.«

»Vielleicht werdet Ihr diese Spanne Zeit sehr kurz finden,« sagte er mit einem unbeschreiblichen Ausdruck.

»Ich glaube es nicht.«

»Wir werden sehen, aber, ich habe es Euch noch nicht gesagt, was ich von Euch erwarte.«

»Allerdings, es wird gut sein, daß ich es weiß, um Eure Absichten gut auszuführen.«

»Hört mich also an, ich werde mich um so kürzer fassen, da sobald die Personen, welche ich hier erwarte, ankommen, ich Euch noch genauere Instructionen geben werde.«

»Gut; so sprecht, ich höre.«

»Zwei Personen werden hier mit uns zusammentreffen, eine junger Mann und eine junge Dame; die Dame heißt Donna Dolores de-la-Cruz, sie ist die Tochter des Eigenthümers der Hacienda del-Arenal, sechzehn Jahr und sehr schön, ein sanftes, reines und naives Kind.«

»Das geht mich wenig an, Ihr wißt, daß ich mich um Frauen nicht kümmere.«

»Das ist wahr, ich erwähne also das nicht weiter, Donna Dolores ist mit Don Ludovic verlobt und soll sich mit ihm bald verheirathen.«

»Wohl bekomme es ihm, und wer ist dieser Don Ludovic? Irgendein fader, dummer und stolzer Mexikaner, vermuthe ich, ein Prahler erster Größe.«

»Darin irrt Ihr Euch; Don Ludovic ist ihr Vetter, der Graf Ludovic de-la-Saulay, welcher dem höchsten Adel Frankreichs angehört.«

»Ah! ah! das ist der bewußte Franzose?«

»Ja; er ist expreß von Europa herübergekommen, um die seit langer Zeit zwischen den beiden Familien verabredete Verbindung mit seiner Cousine zu schließen; der Graf Ludovic de-la-Saulay ist ein hübscher Cavalier, reich, gut, liebenswürdig, unterrichtet, dienstfertig; kurz, ein vortrefflicher Gefährte, ich habe das aufrichtigste Interesse für ihn und wünsche, daß Ihr Euch mit ihm befreundet.«

»Wenn er so ist, wie Ihr sagt, mein Freund; so seid unbesorgt, wir werden, bevor zwei Tage vergehen, die besten Freunde der Welt sein.«

»Habt Dank, Dominique, ich erwartete nichts Geringeres von Euch.«

»Aber!« sagte der Vaquero, »blicket dort hin, Olivier, da kömmt Jemand auf uns zu, glaube ich; Teufel sie reiten schnell, in zehn Minuten werden sie uns erreicht haben.«

»Das ist Donna Dolores und der Graf Ludovic.«

Sie erhoben sich darauf, um die beiden jungen Leute zu empfangen, die in der That spornstreichs dahersprengten.

»Da sind wir endlich!« rief das junge Mädchen, indem sie ihr Pferd mit der Geschicklichkeit einer geübten Reiterin plötzlich anhielt.

Mit einem Satz sprangen die Neuangekommenen zur Erde. Nachdem sie den Vaquero begrüßt hatten, reichte Ludovic dem Abenteurer beide Hände.

»Ich sehe Euch also wieder, mein Freund,« sagte er zu ihm, »habt Dank, daß Ihr Euch meiner erinnert habt.«

»Mein Herr,« erwiderte der Graf, indem er sich artig vor dem Vaquero verbeugte, »ich bedaure aufrichtig, mich so schlecht im Spanischen auszudrücken, daß ich verhindert bin, Euch meinen lebhaften Wunsch darzulegen, daß Ihr die Sympathie, die ich für Euch empfinde, mit mir theilen möchtet.«

»Das ist kein Hinderniß, mein Herr,« erwiderte der Vaquero auf Französisch, »ich spreche Eure Sprache geläufig genug, um Euch für Eure herzlichen Worte zu danken.«

»Ah! wahrlich, mein Herr, Ihr seht mich entzückt, das ist eine angenehme Ueberraschung; ich bitte, wollt Ihr meine Hand annehmen und auf meine vollständige Ergebenheit zählen.«

»Von ganzem Herzen, mein Herr, und habet herzlichen Dank, bald werden wir uns besser kennen, und dann werdet Ihr mich hoffentlich zu der Zahl Eurer Freunde zählen.«

Nach diesen Worten drückten sich die beiden jungen Männer warm die Hand.

»Seid Ihr zufrieden, mein Freund?« fragte Donna Dolores.

»Ihr seid eine Fee, liebes Kind,« antwortete Olivier bewegt, »Ihr könnt Euch nicht vorstellen, wie glücklich Ihr mich macht.«

Und er drückte einen ehrerbietigen Kuß auf die reine Stirn, welche das junge Mädchen vor ihm neigte.

»Jetzt,« begann er in verändertem Tone, »laßt uns von Geschäften sprechen, die Zeit drängt; aber es fehlt noch Jemand.«

»Wer denn?« fragte das junge Mädchen.

»Leo Carral, laßt mich ihn rufen,« und eine silberne Pfeife an seine Lippen setzend, ertönte ein langer durchdringender Pfiff.

Fast augenblicklich ließ sich in der Ferne der sich rasch nähernde Galopp eines Pferdes vernehmen, und gleich daraus erschien der Haushofmeister.

»Schnell, schnell, Leo,« rief ihm der Abenteurer zu.

»Hier bin ich, Sennor,« antwortete der Haushofmeister, »ganz zu Eurem Befehl.«

»Hört mich wohl an,« nahm Olivier das Wort, indem er sich zu Donna Dolores wandte; »die Sache ist ernst; ich bin gezwungen, mich noch heute von hier zu entfernen; meine Abwesenheit kann längere Zeit dauern, es ist mir daher unmöglich, über Euch zu wachen. Leider aber habe ich eine Ahnung, daß Euch eine große Gefahr bedroht. Von welcher Art diese Gefahr ist? Wann sie über Euch hereinbrechen wird? Das weiß ich nicht zu sagen. Allein sie ist gewiß; aber, meine theure Dolores, was ich nicht vermag, können Andere für Euch thun; diese Andern sind der Graf, Dominique und unser Freund Leo Carral, alle Drei sind Euch ergeben und werden wie Brüder über Euch wachen.«

»Aber, mein Freund« unterbrach ihn das junge Mädchen, »Ihr vergeßt, scheint mir, meinen Vater und meinen Bruder.«

»Nein, mein Kind, ich vergesse sie nicht, ich denke im Gegentheil an sie; allein Euer Vater ist ein Greis, der nicht allein Niemand beschützen kann, sondern selbst des Schutzes bedarf; was dagegen Euren Bruder Don Melchior anbetrifft, so kennt Ihr meine Meinung über ihn, es wäre daher unnütz über diesen Punkt zu sprechen; er könnte Euch nicht vertheidigen und würde es auch nicht wollen. Ihr wißt, daß ich in der Regel gut unterrichtet bin und daß ich mich selten täusche. Nun aber bitte ich Euch Folgendes zu bedenken: Hütet Euch vor Allem, Don Melchior oder irgend einem andern Bewohner der Hacienda, wer es auch sei, in Worten oder Handlungen vermuthen zu lassen, daß Ihr ein Unglück ahnt; aber seid wachsam, damit man Euch nicht überrascht, und trefft darnach Eure Vorsichtsmaßregeln.«

»Wir werden wachen, verlaßt Euch in dieser Hinsicht auf mich,« antwortete der Vaquero; »aber, mein Freund, ich habe Euch noch eine Einwendung zu machen, die meiner Meinung nach noch zu bedenken

»Welche?«

»Wie werde ich mich in die Hacienda einführen und ohne Verdacht zu erregen, daselbst bleiben können? Das scheint mir ziemlich schwierig.«

»Nein, Ihr irrt! außer Leo Carral kennt Euch Niemand in der Hacienda, nicht wahr?«

»In der That.«

»Nun also! Ihr werdet Euch daselbst als Franzose und Freund des Grafen de-la-Saulay einführen, und zur größern Sicherheit werdet Ihr thun, als verständet Ihr kein Wort spanisch.«

»Erlaubt,« fiel ihm Ludovic in's Wort; »ich habe schon einige Male gegen Don Andrès eines vertrauten Freundes erwähnt; der Attaché bei der französischen Gesandtschaft in Mexiko ist und jeden Augenblick in der Hacienda eintreffen kann, um mich zu besuchen.«

»Das trifft sich gut, Dominique wird für ihn gelten, und wenn er will, wird er das Spanische radebrechen; wie heißt dieser Freund, den Ihr erwartet?«

»Charles von Meriadec.«.

»Gut, so wird sich Dominique Charles von Meriadec nennen; so lange, er sich in der Hacienda aufhält, werde ich Sorge tragen, daß Derjenige, dessen Namen er einstweilen annimmt, ihn nicht belästigt.«

»Hm! das ist allerdings wichtig.«

»Fürchtet nichts, ich werde es arrangiren; das ist also abgemacht und morgen früh wird Herr Charles von Meriadec in der Hacienda ankommen.«

»Er soll mir willkommen sein,« erwiderte Ludovic mit Lachen.

»Was Euch betrifft, Leo Carral, so habe ich Euch keine Vorschriften zu geben.«

»Nein,« antwortete der Haushofmeister, »meine Maßregeln sind längst getroffen, ich habe mich nur noch mit diesen Herren zu verständigen.«

»Nun, das ist gut, so laßt uns scheiden, ich sollte schon lange fern von hier sein.«

»Ihr verlaßt uns schon, mein Freund?« fragte Donna Dolores bewegt.

»Es muß sein, mein Kind, seid guten Muthes und setzt Euer Vertrauen auf Gott! Während meiner Abwesenheit wird Er über Euch wachen. Nun, lebt wohl!«

Der Abenteurer drückte ein letztes Mal die Hand des Grafen, küßte die Stirn des jungen Mädchens und schwang sich in den Sattel.

»Auf baldiges Wiedersehen!« rief ihm Donna Dolores nach.

»Morgen werdet Ihr Euren Freund Meriadec wiedersehen,« scherzte Dominique und folgte dem Abenteurer im raschen Trabe.

»Werdet Ihr mit uns nach der Hacienda heimkehren?« fragte der Graf den Haushofmeister.

»Weshalb nicht?« versetzte er; »mag man glauben, daß ich Euch auf dem Wege begegnet sei.«

»Allerdings.«

Sie stiegen wieder zu Pferde und sprengten im Galopp auf dem Wege nach der Hacienda dahin, welche sie etwas vor Sonnenuntergang erreichten.

II.

Etwas Politik.

Man befand sich in den letzten Monaten des Jahres 18... Die politischen Ereignisse begannen sich mit solcher Raschheit auf einander zu drängen, daß selbst die weniger aufgeklärten Geister einsahen, daß sie einer Katastrophe entgegen eilten.

Im Süden hatten die Truppen des Generals Gutierrez einen großen Sieg über die durch den General Don Diego Alvarez befehligte constitutionelle Armee davon getragen. (Derselbe Alvarez, welcher zu einer andern Zeitepoche den Kriegsrath zu Guaymas präsidirt hatte, welcher unsern unglücklichen Landsmann und Freund, den Grafen Gaston de Raousset-Boulbon zum Tode verurtheilte.)

Das Blutbad der *Pinto*-Indianer war entsetzlich gewesen; zwölfhundert bedeckten das Schlachtfeld eine zahlreiche Menge von Geschützen und Waffen fiel in die Hände des Siegers.

Aber zu derselben Zeit begann im Innern eine Reihenfolge entgegengesetzter Ereignisse; das erste derselben war die Flucht des Präsidenten Zulaoga, welcher, nachdem er freiwillig zu Gunsten Miramon's sein Amt niedergelegt hatte, dies eines Tages ohne Grund und ohne auf den Rath irgend Jemands zu hören, in einem Augenblick, wo man es am Wenigsten erwartete, widerrief.

Darauf machte der General Miramon den Präsidenten des höchsten Gerichtshofs das loyale Anerbieten, die ausübende Gewalt zu übernehmen und die Notablen zu berufen, um ein neues Haupt der Republik zu wählen.

Mittlerweile trat eine andere Katastrophe ein, die der Situation neue Gefahren brachte.

Miramon, der durch seine fortwährenden Triumphe vielleicht ein zu unvorsichtiges Vertrauen erlangt hatte, stellte sich, angetrieben durch den Wunsch auf die eine oder die andere Weise die Sache zu Ende zu bringen, in der Schlacht zu Silao einer vierfach größern Macht als die seinige gegenüber. Er erlitt eine vollständige Niederlage, verlor seine Geschütze und war selbst in Gefahr, umzukommen. Nur durch ein Wunder von Tapferkeit, indem er mit eigener

Hand mehre Derjenigen, die ihn umringt hatten, tödtete, gelang es ihm, aus dem Handgemenge zu entkommen und sich nach Queretaro zu flüchten, welches er fast allein erreichte.

Von hier aus war der General Miramon, ohne sich von seinem Mißgeschick niederdrücken zu lassen, nach Mexiko zurückgekehrt, dessen Einwohner auf diese Weise gleichzeitig seine Niederlage, seine Ankunft und seine Absicht, sich einer neuen Wahl zu unterwerfen, erfuhren.

Das Resultat täuschte die geheime Erwartung des Generals nicht, er wurde fast einstimmig zum Präsidenten durch die Kammer[1] der Notablen erwählt. Der General, ein Mann, der wohl begriff, wie sehr die Zeit drängte, leistete den Eid und trat unmittelbar darauf seine Functionen an.

Obwohl materiell der Unstern von Silas von keiner Bedeutung war, so war doch die hervorgebrachte Wirkung vom moralischen Gesichtspuncte aus, eine unermeßliche.

Miramon sah das ein; er beschäftigte sich angelegentlich damit, die Finanzen zu ordnen, um sich Hülfsquellen zu schaffen, die für die dringenden Bedürfnisse der Lage ausreichend waren, und neue Truppen zu errichten, um alle Vorsichtsmaßregeln getroffen zu haben, die ihm die Klugheit gebot.

Leider war der Präsident gezwungen, mehre wichtige Puncte aufzugeben, um seine Macht um Mexiko zusammen zu ziehen; diese verschiedenen Bewegungen, welche die Bevölkerung falsch verstand, beunruhigten sie und ließ sie neues Unglück befürchten.

Unter diesen Umständen, da der Präsident ohne Zweifel der öffentlichen Meinung Genugthuung geben und die Hauptstadt beruhigen wollte, willigte er, vielleicht nur scheinbar, in eine Unterredung mit seinem Mitbewerber Juarez, dessen Regierung ihren Sitz in Vera-Cruz hatte, um zu einem Entschluß zu kommen und wenn nicht Frieden, so doch wenigstens einen Waffenstillstand zu erlangen, der einstweilen dem Blutvergießen Einhalt thun sollte.

---

[1] Die Kammer der Notablen besteht aus 23 Mitgliedern; 23 waren anwesend, die Majorität zu Gunsten Miramon's bestand in 19 gegen eine Stimme und drei leere Stimmzettel.

Leider vernichtete eine neue Verwicklung jede Hoffnung auf ein solches Uebereinkommen.

Der General Marquez war nach Guadalajara zu Hülfe geschickt worden, welches, nachdem wie man vermuthete, fort fuhr, den verbündeten Truppen Widerstand zu leisten, als plötzlich, ohne daß sich dieses Resultat voraus sehen ließ, in Folge der Einnahme eines englischen Kaufleuten gehörenden Platafahrers durch die Verbündeten, zwischen den beiden kriegführenden Theilen ein Waffenstillstand geschlossen wurde, und der General Castillo, Commandant von Guadalajara, verlassen von der Mehrzahl der Truppen, sich genöthigt sah, die Stadt aufzugeben und auf die Südsee zu flüchten. Die von diesem Hinderniß befreiten Verbündeten vereinigten sich gegen Marquez, schlugen ihn und zerstreuten sein einziges Corps, welches in's Feld gerückt war.

Die Lage wurde immer kritischer, die Verbündeten, die in ihrem Siegeslaufe weder auf Hindernisse, noch Widerstand stießen, überschwemmten das Land nach allen Seiten, jede Hoffnung zu unterhandeln, war verloren. Man mußte kämpfen, ob man wollte oder nicht.

Der Fall Miramon's wurde so zu sagen mehr als eine Zeitfrage; der General fühlte dies wahrscheinlich vollkommen in seinem Innern, aber er ließ sich nichts merken und verdoppelte im Gegentheil seinen Eifer, um die fortwährenden neuen Schwierigkeiten seiner Lage abzulenken.

Nachdem er an alle Klassen der Gesellschaft einen Aufruf hatte ergehen lassen, entschloß sich der Präsident endlich, sich an die Geistlichkeit zu wenden, welche er stets unterstützt und beschicht hatte; diese folgte seiner Aufforderung, erhob auf ihre Güter in dringender Noth eine Abgabe und beschloß, ihre Kleinodien in Gold und Silber zur Einschmelzung nach der Münze zu schicken und sie der ausübenden Gewalt zur Verfügung zu stellen. Leider waren jedoch alle Anstrengungen vergeblich, die Ausgaben erhöhten sich in dem Maße, wie die Gefahr anwuchs, und bald sah sich Miramon, nachdem er vergeblich alle Auswege eingeschlagen, welche ihm seine kritische Lage eingab, vor einem leeren Schatze mit der schmerzlichen Gewißheit, daß es vergeblich sei, daran zu denken, ihn von Neuem zu füllen.

Wir haben bereits Gelegenheit gehabt zu erklären, daß, da jeder Staat der mexikanischen Conföderation zur Revolutionszeit im Besitz der öffentlichen Gelder bleibt, die in Mexiko herrschende Regierung sich fast fortwährend in einer vollständigen Armuth befindet, da sie nur über die Fonds des Staates Mexiko verfügen kann; während dagegen ihre Mitbewerber, die das Land nach allen Richtungen hin bekämpften, nicht allein die Platafahrer anhielten und sich davon den oft sehr bedeutenden Werth ohne Gewissensbisse aneigneten, sondern sogar die Kassen aller derjenigen Staaten, in welche sie eindrangen, plünderten und sich auf diese Weise im Stande sahen, den Krieg ohne Nachtheil zu unterhalten.

Nachdem wir nun durch eine kurze Uebersicht die politische Lage, in welcher sich Mexiko befand, festgestellt haben, nehmen wir unsere Geschichte in den ersten Tagen des Monat November 186., das heißt, ungefähr sechs Wochen nach der Zeit, wo wir sie unterbrochen haben, wieder auf.

Der Abend senkte sich herab, schon breiteten sich lange Schatten über die Ebene, die schrägen Strahlen der untergehenden Sonne, welche den Grund der Thäler nicht mehr erreichten, beleuchteten noch die schneeigen Gipfel der Berge des Anahuac und färbten sie mit rothen Tinten, die Abendbrise bebte durch das Laub der Bäume; auf wilden Pferden reitende Vaqueros trieben große Herden, die den Tag über in Freiheit umherirrten, aber des Abends in den Corral zurückkehrten, durch die Ebene vor sich her, man vernahm in der Ferne das Schellengeläute der Maulesel einiger verspäteter Arrieros, die sich beeilten, die prächtige Landstraße zu erreichen, welche mit ungeheuren Aloen aus der Zeit Moctecuzoma's besetzt war, und nach Mexiko führte.

Ein Reisender von stolzem Ansehen, ans einem starken Pferde reitend, und sorgfältig in die Falten eines bis an die Augen emporgezogenen Mantels gehüllt, folgte in langsamem Schritt den launigen Windungen eines schmalen Pfades, welcher das Land quer durchschneidend, ungefähr zwei Meilen von der Stadt auf die Straße mündete, die von Mexiko nach Puebla führt. Ein Weg, der in diesem Augenblick vollständig öde war, nicht allein wegen des Hereinbrechens der Nacht, sondern vielmehr weil der anarchische Zustand des Landes zahlreiche Räuberbanden hatte entstehen lassen, welche die Umstände benutzend, auf ihre Weise Krieg führten und ohne Unterschied der politischen Meinung sowohl die Constitutionellen, wie die Liberalen ausplünderten und, durch die Ungestraftheit kühn gemacht, sich oft nicht mit den Landstraßen begnügten, sondern selbst bis in die Städte drangen, um dort ihre Räubereien auszuüben.

Der Reisende, von dem wir sprachen, schien sich indessen sehr wenig um die Gefahren zu kümmern, denen er sich aussetzte, denn er setzte sorglos und in gleichmäßigem ruhigen Schritt seinen gewagten Ritt fort.

So ritt er seit ungefähr Dreiviertelstunden, und hatte sich in Folge seines mäßigen Schrittes nicht mehr als eine Meile von der Stadt entfernt, als er, den Kopf aufrichtend, bemerkte, daß er eine Stelle erreicht hatte, wo der Weg sich nach zwei Richtungen theilte; er hielt zögernd still, dann schlug er nach augenblicklicher Ueberlegung den Weg zur Rechten ein.

Nachdem er wohl zehn Minuten dieser Richtung gefolgt war, schien der Reiter sich zurecht zu finden; er setzte seinem Pferde leicht die Sporen ein, worauf dasselbe in ziemlich scharfem Trabe dahin eilte.

Bald erreichte er einen Haufen schwärzlicher, wild durcheinander liegender Ruinen, neben denen sich eine Baumgruppe befand, deren breite Zweige den Platz in ziemlich weitem Umkreis beschatteten. Dort angekommen, machte der Reiter Halt; dann nachdem er mit prüfendem Blick nm sich geschaut hatte, – wahrscheinlich um sich zu versichern, daß er allein war, – stieg er vom Pferde, setzte sich bequem, an einen Baumstamm sich lehnend, auf einen Rasenhügel, und ließ den Mantel niederfallen, der zum Theil sein Gesicht bedeckt hatte und es kamen die bleichen und abgezehrten Züge des Verwundeten zum Vorschein, den wir den Vaquero Dominique haben nach den Rancho führen sehen.

Don Antonio de Caserbar, so hieß er, schien nur der Schatten seines Selbst zu sein; ein trauriges Gespenst schien sein ganzes Leben sich in seine Augen concentrirt zu haben, welche in dem bösen Feuer leuchteten, wie die der Faune. Aber man fühlte, daß in diesem anscheinend so kraftlosen Körper, eine glühende Seele, eine energische Willenskraft eingeschlossen war, und daß dieser Mann, welcher aus einem erbitterten Kampf gegen den Tod als Sieger hervorgegangen, mit unerschütterlicher Halsstarrigkeit die Ausführung früherer, finsterer Entschlüsse verfolgte. Kaum geheilt von seiner schrecklichen Wunde, noch sehr schwach und nur mit großer Schwierigkeit die Beschwerden eines langen Rittes zu Pferde ertragend, hatte er dennoch seinen Leiden Schweigen geboten, um bis zur einbrechenden Nacht an diesen beinahe drei Meilen von Mexiko gelegenen Ort zu einer Zusammenkunft zu kommen, welche er selbst verlangt hatte. Die Beweggründe zu einer solchen Handlungsweise mußten überhaupt in seinem Zustand von Schwäche für ihn von außerordentlicher Wichtigkeit sein.

Einige Minuten verflossen, während denen Don Antonio, mit über der Brust gekreuzten Armen und geschlossenen Augen sich sammelte und aller Wahrscheinlichkeit nach, sich zu der Zusammenkunft vorbereitete, welche er mit der Person haben sollte, die er aufzusuchen so weit hergekommen war.

Plötzlich verkündete Pferdegetrappel mit Säbelgeklirr vermischt, daß eine ziemlich zahlreiche Reitertruppe sich dem Orte näherte, wo Don Antonio saß.

Er richtete sich auf, blickte neugierig in die Richtung, woher das Geräusch kam, und erhob sich, wahrscheinlich um die Ankommenden zu empfangen.

Diese waren fünfzig an der Zahl. Sie machten ungefähr fünfzehn Schritt von den Ruinen Halt, blieben jedoch im Sattel.

Ein Einziger unter ihnen stieg ab, warf die Zügel einem Reiter zu und näherte sich mit raschen Schritten Don Antonio, der ihm ebenfalls entgegen gegangen war.

»Wer seid. Ihr?« fragte Don Antonio mit leiser Stimme, als er kaum noch einige Schritte von dem Fremden entfernt war.

»Der, den Ihr erwartet, Sennor Don Antonio,« antwortete der Andere, »der Colonel Don Felipe Neri Irzabal, Euch zu dienen.«

»Ja, Ihr seid es, ich erkenne Euch wieder, tretet näher.«

»Das trifft sich glücklich; nun, Sennor Don Antonio,« fragte der Colonel, indem er ihm die Hand reichte, »wie geht es mit Eurer Gesundheit?«

»Schlecht,« erwiderte Don Antonio, indem er, ohne die dargereichte Hand des Guerillero zu berühren, zurück wich.

Dieser bemerkte die Bewegung nicht, oder, wenn er sie bemerkte, so legte er keinen Werth darauf.

»Ihr kommt mit einem großen Gefolge,« fuhr Don Antonio fort.

»Caraï! Glaubt Ihr, theurer Herr, daß ich Lust habe, in die Hände der Recognoscirungsreiter Miramon's zu fallen? Teufel! meine Rechnung würde bald in Ordnung gebracht sein, wenn sie sich meiner bemächtigten. Aber ich glaube, daß wir trotz des Vergnügens, welches wir Beide darüber empfinden, uns beisammen zu sehen, doch unverzüglich zu unsern Geschäften schreiten sollten. Was meint Ihr?«

»Ich bin es vollkommen zufrieden.«

»Der General dankt Euch für die letzten Nachrichten, die Ihr ihm zukommen ließet, sie waren von der strengsten Genauigkeit; auch hat er geschworen, Euch nach Verdienst zu belohnen, sobald die Gelegenheit dazu bieten würde.«

Don Antonio machte eine Bewegung des Abscheus.

»Habt Ihr das Papier?« fragte er mit einem gewissen Eifer.

»Gewiß,« erwiderte der Colonel.

»So abgefaßt, wie ich es verlangt habe?«

»Seid außer Sorge, Sennor, es ist Alles darin, versetzte der Colonel mit grobem Lachen, »wo sollte man heutigen Tages Ehrlichkeit finden, wenn man ihr nicht bei Leuten unserer Art begegnete. Was Ihr festgesetzt habt, ist angenommen, das Ganze ist unterzeichnet von Ortega, Oberbefehlshaber der verbündeten Armee und contrasignirt von Juarez, Präsident der Republik; seid Ihr zufrieden?«

»Ich werde Euch antworten, Sennor, sobald ich das Papier gesehen haben werde.«

»Nichts leichter als das, hier ist es,« sagte der Guerillero, indem er es aus den weiten Falten seines Dolman zog und Don Antonio überreichte.

Dieser ergriff es mit einer freudigen Bewegung und erbrach das Siegel mit fieberhafter Hast.

»Ihr werdet Mühe haben, es jetzt zu lesen,« bemerkte der Colonel mit schlauer Miene.

»Glaubt Ihr?« versetzte Don Antonio ironisch.

»Ei! es ist schon ziemlich finster, scheint mir.«

»Was das anbelangt, so werde ich bald Licht haben.«

Und indem er an einem Stein ein Streichholz anrieb, zündete er einen jener kleinen, zusammengerollten Wachsstöcke, gewöhnlich *Kellerratten* genannt, an, den er aus seiner Tasche gezogen hatte.

Je weiter er las, eine um so lebhaftere Befriedigung leuchtete auf seinem Gesicht, endlich löschte er seinen Wachsstock aus, faltete das Papier zusammen, legte es sorgfältig in seine Brieftasche und wendete sich daraus zu dem Colonel.

»Sennor,« sagte er, »Ihr werdet dem General Ortega meinen Dank abstatten, er hat gegen mich wie ein wirklicher Caballero gehandelt.«

Der Guerillero verneigte sich.

»Ich werde nicht verfehlen, Sennor,« antwortete er, »überdies wenn Ihr den uns bereits gegebenen Nachrichten noch einige hinzufügen wollt ...«

»Ich habe deren allerdings, und das sehr wichtige.« »Ah! ah!« meinte der Andere, sich freudig die Hände reibend, »lassen Sie hören, theurer Sennor.«

»Vernehmt denn; Miramon kann sich nicht mehr halten, das Geld fehlt ihm, ohne daß er in Zukunft weiß, wo er welches hernehmen soll; die Truppen, fast alles Rekruten, sind schlecht bewaffnet, noch schlechter gekleidet, und haben seit zwei Monaten keinen Sold erhalten, sie murren.«

»Sehr gut, armer Miramon, es geht also mit Dir auf die Neige.«

»Um so mehr als die Geistlichkeit, die ihn Anfangs zu unterstützen versprochen hatte, entschieden ihre Hülfe verweigert hat.«

»Aber,« bemerkte ironisch der Guerillero, »wie kommt es, daß Ihr so gut unterrichtet seid, theurer Herr?«

»Wißt Ihr nicht, daß ich Attaché bei der spanischen Gesandtschaft bin?«

»In der That, das ist wahr; ich dachte nicht daran; verzeiht. Was wißt Ihr noch mehr?«

»Die Reihen der Parteigänger des Präsidenten lichten sich immer mehr, seine ältesten Freunde verlassen ihn; auch hat er, um sich in der öffentlichen Meinung wieder etwas zu heben, beschlossen, einen Ausfall zu versuchen und die Division des Generals Beriozabal anzugreifen.«

Das zu wissen ist gut.«

»Ihr seid jetzt unterrichtet.«

»Habt Dank, wir werden wachen. Ist das Alles?«

»Noch nicht; auf den letzten Punkt angekommen, wie ich Euch gesagt habe, und um sich Geld zu verschaffen, durch welches Mittel es auch sei, hält sich Miramon für berechtigt zur Wegnahme der Karavane von Laguna-Seca, welche durch Eure Partei befrachtet ist.«

»Ich weiß,« unterbrach ihn der Colonel, indem er sich die Hände rieb, »ich war es, der diesen Handel leitete; leider,« setzte er mit einem Seufzer des Bedauerns hinzu, »ist solcher Fang selten.«

»Miramon ist ferner entschlossen,« fuhr Don Antonio fort, »die Gelder der Convention zu nehmen, die sich in diesem Augenblick unter britischer Gerichtsbarkeit befinden.«

»Das ist ein köstlicher Gedanke, diese Teufel von Ketzer werden wüthend sein; welches Genie hat ihm diese Idee eingegeben, die ihn unwiderruflich mit England entzweit; die *Gringos* scherzen in Geldangelegenheiten nicht.«

»Ich weiß es, auch habe ich Sorge getragen, daß ihm dieser Gedanke eingeflößt worden ist.«

»Sennor,« versetzte der Guerillero mit Würde, »Ihr habt Euch dadurch um das Vaterland verdient gemacht! Aber dieses Geld soll nicht sehr bedeutend sein.«

»Die Summe ist ziemlich beträchtlich.«

»Ah! ah! wie viel ungefähr?«

»Sechshundertsechszigtausend Piaster.[2]

Der Guerillero war wie geblendet.

»Caraï!« rief er überzeugt, »ich strecke die Waffen, er ist stärker als ich, das Geschäft von Laguna-Seca war nichts im Vergleich, aber mit dieser Summe wird er im Stande sein, den Krieg wieder zu beginnen!«

»Jetzt ist es zu spät, die Summe wird in einigen Tagen ausgegeben sein,« erwiderte Don Antonio mit boshaftem Lachen, »verlaßt Euch darin auf uns.«

»Gott gebe es!«

»Das sind alle Nachrichten, die ich im Stande bin, Euch zu geben; ich halte sie für wichtig genug.«

»Caraï!« rief der Guerillero, »sie könnten nicht wichtiger sein!«

»Ich hoffe, Euch in einigen Tagen noch ernstere geben zu können.«

»Wieder hier?«

»Hier, zur selben Stunde und vermittelst desselben Signals.«

»Zugegeben, ah! der General wird sehr befriedigt sein, dies Alles zu vernehmen.«

»Kommen wir nun zu unserm zweiten Geschäft, dies geht uns Beide nur allein an: was habt Ihr gethan, seitdem ich Euch nicht gesehen habe?«

»Nicht viel; die Mittel fehlen mir in diesem Augenblick, um mich den schwierigen Nachforschungen zu widmen, mit denen Ihr mich beauftragt habt.«

»Dennoch erwartet Euch eine schöne Belohnung.«

»Das sage ich nicht,« antwortete zerstreut der Guerillero.

Don Antonio blickte ihn durchdringend an.

---

[2] 3,300,000 Franken.

»Zweifelt Ihr etwa an meinem Wort?« fragte er hochmüthig.

»Ich habe es mir zum Princip gemacht, niemals an Etwas zu zweifeln, Sennor,« erwiderte der Colonel.

»Die Summe ist bedeutend.«

»Das ist es gerade, was mich erschreckt.«

»Was meint Ihr, Don Felipe? erklärt Euch.«

»Meiner Treu,« rief dieser, plötzlich einen Entschluß fassend, »ich glaube allerdings, daß dies das Beste ist, was ich thun kann; hört mich also an.«

»Ich höre, sprecht.«

»Ueberdies, erzürnt Euch nicht darüber, bester Herr, Geschäfte sind Geschäfte, zum Teufel, und müssen als solche behandelt werden.«

»Das ist auch meine Meinung, fahrt fort.«

»Nun also, Ihr habt mir fünfzigtausend Piaster versprochen für...«

»Ich weiß wofür, weiter.«

»Ich bin gern bereit dazu; nun aber bilden fünfzigtausend Piaster eine beträchtliche Summe; ich habe für mich keine andere Garantie als Euer Wort.«

»Ist dies nicht genug?«

»Nicht ganz; ich weiß wohl, welchen Werth das Wort zwischen Edelleuten hat; aber, wenn es sich um Geschäfte handelt, so ist das etwas Anderes; ich glaube, daß Ihr reich seid, sehr reich sogar, da Ihr es sagt, und nur fünfzigtausend Piaster anbietet; aber wer beweist mir, daß, wenn der Augenblick gekommen, Euch Eurer Schuld gegen mich zu entledigen, Ihr auch ungeachtet Eures lebhaften Wunsches dazu im Stande sein werdet?«

Ein dumpfer Zorn bemächtigte sich Don Antonio's bei dieser deutlichen Frage des Guerillero, zwanzigmal war er auf dem Puncte, loszubrechen, aber ' glücklicherweise hielt er an sich und es gelang ihm, seine Kaltblütigkeit zu bewahren.

»Nun also, was wünscht Ihr?« fragte er ihn mir erstickter Stimme.

»Jetzt nichts, Sennor; laßt uns unsere Revolution beendigen. Sobald wir in Mexiko eingezogen sind, was, wie ich um Euret- und meinetwillen hoffe, nicht mehr lange dauern wird, werdet Ihr mich zu einem mir bekannten Banquier führen; er wird für die Summe bürgen, das ist Alles, was ich verlange. Seid Ihr damit einverstanden?«

»Ich muß es wohl; aber von hier bis dahin?«

Haben wir uns mit dringenderen Sachen zu beschäftigen, einige Tage mehr oder weniger sind von keiner Bedeutung, und nun erlaubt mir, da wir uns nichts mehr zu sagen haben, von Euch Abschied zu nehmen, theurer Herr.«

»Es steht Euch frei, Euch zu entfernen, Sennor,« versetzte Don Annibal trocken.

»Ich küsse Euch die Hand, theurer Herr; auf baldiges Wiedersehen.«

»Lebt wohl.«

Don Felipe grüßte artig den Spanier, drehte sich auf dem Absatz herum und kehrte zu seiner Truppe zurück, schwang sich in den Sattel und ritt, gefolgt von seinen Parteigängern, spornstreichs von dannen.

Don Antonio kehrte nachdenklich in langsamem Schritt nach Mexiko zurück, welches er zwei Stunden später erreichte.

»Oh!« murmelte er, indem er vor dem Hause Calle de Tacuba, welches er bewohnte, Halt machte, »trotz Himmel und Hölle wird es mir gelingen!«

Was bedeuteten diese bösen Worte, die den Zweck seines langen Nachdenkens verriethen?

III.

Die Bons der Convention.

Es war Tagesanbruch.

Röthliche Reflexlichter streiften die schneeigen Gipfel des Popocatepel, die letzten Sterne erloschen am Firmament, ein weißlicher Schein beleuchtete die Spitzen der Gebäude. Mexiko schlief noch; in seinen stillen Straßen vernahm man nur in langen Zwischenräumen den eiligen Schritt einiger Indianer, die aus der Umgegend kamen, um ihre Früchte und ihre Gemüse zu verkaufen. Nur einige Branntweinläden wurden furchtsam geöffnet, und schickten sich an, den Morgenbesuchern die Dosis starken Liqueurs einzugießen, eine Arbeit, womit sie jeden neuen Tag begannen.

Von dem Sagrario schlug es halb fünf Uhr.

In diesem Augenblick kam ein Reiter aus der Straße Tacuba, ritt im raschen Trabe über die Plaça-Mayor, und hielt vor der Thür des von zwei Schildwachen besetzten Palastes des Präsidenten still.

»Wer da?« rief eine der Schildwachen.

»Freund,« antwortete der Reiter.

»Passirt.«

»Nein,« versetzte der Reiter, »ich habe hier zu thun.«

»Ihr wollt in den Palast eintreten?«

»Ja!«

»Es ist noch zu früh, kommt in zwei Stunden wieder.«

»In zwei Stunden wird es zu spät sein, ich muß sogleich hinein.«

»Bah!« meinte scherzend die Schildwache und sich zu ihrem Gefährten wendend, sagte sie: »Was meinst Du dazu, Pedrito?«

»Ha!« lachte der Andere, »ich denke, der Herr ist fremd hier, er irrt sich und bildet sich ein, an der Thür eines Wirthshauses zu sein.«

»Genug der Grobheiten, Kerl,« sagte in strengem Tone der Reiter; »ich habe schon zu viel Zeit verloren; benachrichtigt den wachthabenden Officier, eilt Euch.«

Der von dem Unbekannten angewandte Ton schien auf die Soldaten einen starken Eindruck zu machen. Nachdem sie sich leise mit einander berathen hatten, der Fremde nach Allem in seinem Rechte war und das, was er verlangte, durch ihre Ordre festgesetzt war, so entschlossen sie sich endlich, seinen Wunsch zu erfüllen, und klopften mit ihrem Flintenkolben an die Thür.

Nach einigen Minuten wurde die Thür geöffnet und ein Unterofficier erschien, der leicht als solcher an dem Rebstocke, den er in der linken Hand hielt, dem Abzeichen seines Grades, zu erkennen war.

Nachdem er sich bei den Schildwachen über den Grund ihres Rufes unterrichtet hatte, grüßte er höflich den Fremden, bat ihn, einen Augenblick zu warten, und kehrte in den Palast zurück, indem er die Thür hinter sich offen ließ; aber fast augenblicklich erschien er wieder, einem Capitain in Paradeanzug vorausgehend.

Der Reiter begrüßte den Capitain und wiederholte die Bitte, welche er vorher an die Schildwachen gerichtet hatte.

»Ich bin in Verzweiflung, es Euch verweigern zu müssen, Sennor,« antwortete der Capitain, »aber die Ordre verbietet uns, vor acht Uhr Morgens, wen es auch sei, in den Palast einzulassen; wollt Ihr daher die Güte haben, wenn die Sache, die Euch herführt, dringend ist, zu der angegebenen Zeit wiederzukommen, so wird Eurem Eintritt nichts im Wege stehen.« Und er verneigte sich, wie um sich zu verabschieden.

»Verzeiht, Capitain,« erwiderte der Reiter, »noch ein Wort, wenn's beliebt.«

»Sprecht, Sennor.«

»Es ist nicht nöthig, daß ein Andrer als Ihr es vernehmt.«

»Ganz wie es Euch gefällt, Sennor,« versetzte der Capitain, indem er dicht an den Unbekannten herantrat, »nun sprecht, ich höre Euch.«

Der Reiter neigte sich zur Seite und flüsterte einige leise Worte, die der Officier mit dem Zeichen des tiefsten Erstaunens vernahm.

»Seid Ihr jetzt befriedigt, Capitain?«

»Vollkommen, Sennor;« und sich zu dem Unterofficier wendend, der einige Schritte von ihm entfernt stand, sagte er: »Oeffnet die Thür.«

»Es ist nicht nöthig,« bemerkte der Reiter, »wenn Ihr es erlaubt, so werde ich hier absteigen, ein Soldat wird mein Pferd halten.«

»Ganz nach Eurem Belieben, Sennor.«

Der Reiter stieg ab und warf den Zügel dem Unterofficier zu, der ihn so lange hielt, bis ein Soldat seine Stelle einnehmen würde.

»Jetzt, Capitain,« sprach der Fremde, »würdet Ihr mich zu höchstem Danke verpflichten, wenn Ihr mich selbst zu der Person führen wolltet, die mich erwartet, ich bin zu Eurem Befehl.«

»Und ich zu dem Eurigen, Sennor,« antwortete der Capitain, »und da Ihr es wünschet, werde ich die Ehre haben, Euch zu führen.«

Sie traten darauf in den Palast, den Unterofficier und die Schildwachen im höchsten Erstaunen zurücklassend.

Von dem Capitain geführt, schritt der Unbekannte durch mehre Zimmer, die ungeachtet der frühen Morgenstunde schon angefüllt waren, nicht mit Besuchern, sondern mit Officieren jeden Ranges, Senatoren und Kirchenräthen, welche die Nacht im Palast zugebracht zu haben schienen.

Eine große Bewegung herrschte in den Gruppen, in denen sich Militairs, Mitglieder der Geistlichkeit und Repräsentanten des Handels vereinigt fanden; man sprach, obwohl mit leiser Stimme, doch mit einer gewissen Lebhaftigkeit, der allgemeine Ausdruck der Physiognomien war düster und sorgenvoll.

Endlich erreichten die beiden Männer die Thür eines durch zwei Schildwachen bewachten Cabinets; ein Thürsteher, mit einer silbernen Kette um den Hals, ging vor demselben auf und ab; als er die beiden Männer erblickte, näherte er sich ihnen rasch.

»Ihr seid am Ziel, Sennor,« sagte der Capitain.

»Es bleibt mir nur übrig, von Euch Abschied zu nehmen und Euch meinen Dank für Eure Freundlichkeit auszudrücken;« erwiderte der Fremde.

Sie verneigten sich gegenseitig und der Capitain kehrte auf seinen Posten zurück.

»Seine Excellenz kann in diesem Augenblick nicht empfangen. Es hat in dieser Nacht eine außerordentliche Sitzung stattgefunden, seine Excellenz haben den Befehl gegeben, ihn ungestört zu lassen,« sagte der Huissier, indem er den Unbekannten trocken begrüßte.

»Seine Excellenz wird mir zu Gunsten eine Ausnahme machen,« erwiderte sanft der Reiter.

»Ich zweifle daran, Sennor; der Befehl ist allgemein; ich würde nicht wagen, denselben zu überschreiten.«

Der Unbekannte schien einen Augenblick zu überlegen.

Der Huissier wartete, ohne Zweifel erstaunt, daß der Fremde dazubleiben beharrte.

Endlich erhob dieser den Kopf.

»Ich begreife vollkommen, Sennor,« sagte er, »was die empfangene Ordre für Euch heilig ist, ich habe darum nicht die Absicht, Euch zu überreden, derselben keine Folge zu leisten; da indessen der Gegenstand, der mich herführt, von der größten Wichtigkeit ist, so laßt mich Euch um einen Dienst bitten.«

»Um Euch zu dienen, Sennor, werde ich Alles thun, was mit den Pflichten meines Amtes vereinbar ist.«

»Ich danke Euch, Sennor; übrigens versichere ich Euch, und Ihr werdet bald davon den Beweis haben, daß Seine Excellenz Euch durchaus keinen Vorwurf machen würde, wenn Ihr mir den Zutritt gestattetet.«

»Ich hatte die Ehre, Euch zu bemerken, Sennor ...«

»Laßt mich Euch erklären, was ich von Euch wünsche,« unterbrach ihn der Fremde rasch, »dann werdet Ihr mir sagen, ob Ihr mir den Dienst, den ich von Euch verlange, erweisen könnt oder nicht.«

»Allerdings, Sennor, sprecht.«

»Ich werde ein Wort auf ein Blatt Papier schreiben, dieses Papier werdet Ihr schweigend dem Präsidenten vorlegen; wenn Seine Excellenz Euch nichts sagt, werde ich mich entfernen, Ihr seht, daß dies durchaus nicht schwierig ist und Ihr in keiner Weise Eure Ordre überschreitet.«

»Das ist freilich wahr,« versetzte der Huissier mit feinem Lächeln, »aber ich drehe dieselbe um.«

»Seht Ihr darin irgend ein Schwierigkeit?«

»Es ist also durchaus nothwendig, daß Ihr seine Excellenz, den Präsidenten, diesen Morgen seht?« fragte der Huissier, ohne auf die an ihn gerichtete Frage zu antworten.

»Sennor Don Livio,« antwortete der Fremde mit ernster Stimme, »denn obwohl Ihr mich nicht kennt, so weiß ich doch, wer Ihr seid, ich kenne Eure Ergebenheit für den General Miramon, wohlan, ich schwöre Euch auf meine Ehre und meinen christlichen Glauben, daß es von höchster Bedeutung für ihn ist, daß ich ihn ohne Aufschub sehe.«

»Das genügt, Sennor,« erwiderte ernst der Thürsteher, »wenn es von mir abhängt, so werdet Ihr in einem Augenblick bei ihm sein; hier auf diesem Tische befindet sich Papier, Tinte und Federn, schreibt.«

Der Fremde dankte; nahm eine Feder und schrieb auf ein weißes Blatt Papier in großen Buchstaben das einzige Wort:

Adolfo . ·.

wonach er drei Punkte im Triangel setzte, dann übergab er das Blatt offen dem Huissier.

»Da nehmt!« sagte er.

Der Huissier blickte ihn erstaunt an.

»Wie?« rief er, »Ihr seid ...«

»Still!« machte der Fremde, indem er einen Finger auf seinen Mund legte.

»Oh! Ihr werdet eintreten,« erwiderte er, und die Portière? aufhebend, öffnete er die Thür und verschwand.

Aber fast augenblicklich wurde die Thür wieder geöffnet und eine volltönende Stimme, die nicht die des Huissiers war, rief zweimal hinter einander aus dem Innern des Cabinets:

»Tretet ein, tretet ein!«

Der Unbekannte trat ein.

»Kommt doch,« sagte der Präsident von Neuem, »kommt, theurer Don Adolfo; der Himmel sendet Euch,« und er schritt auf ihn zu und reichte ihm die Hand.

Don Adolfo drückte ehrerbietig die Hand des Präsidenten und setzte sich auf einen Fauteuil neben ihn.

Der Präsident Miramon, mit dem wir jetzt den Leser bekannt machen, dessen Name in Aller Munde war und der gerechter Weise für den ersten Kriegsmann Mexiko's galt, wie er dessen bester Verwalter gewesen war, ein ganz junger Mann, kaum sechsundzwanzig Jahre alt, und doch, wie große und edle Thaten hat er in den drei Jahren, die er am Ruder war, erfüllt!

Seine Gestalt war schlank und wohlgebaut, seine Manieren gefällig, sein Gang edel, seine feinen, distinguirten Züge voll Schlauheit, athmeten Kühnheit und Loyalität, seine breite Stirn war bereits unter der Anstrengung der Gedanken gefurcht, seine großen, schwarzen Augen hatten einen redlichen, klaren Blick, dessen Tiefe zuweilen Diejenigen beunruhigte, auf welche er sich richtete; sein etwas bleiches Gesicht und seine mit einem dunklen Kreis umgebenen Augen zeugten von langer Schlaflosigkeit.

»Ah!« sagte er freudig, indem er sich in einen Fauteuil warf, »da ist mein guter Genius zurück; er wird mir mein entflohenes Glück zurückbringen.«

Don Adolfo schüttelte traurig den Kopf.

»Was soll Eure Bewegung bedeuten, mein Freund?« fragte der Präsident.

»Es will sagen, General, daß ich fürchte, es ist zu spät.«

»Zu spät? Wie dies, haltet Ihr mich nicht für fähig, an meinen Feinden eine eclatante Revanche zu nehmen?«

»Ich halte Euch aller großen und edlen Handlungen fähig, General;« antwortete er; »leider umgiebt Euch von allen Seiten Verrath, Eure Freunde verlassen Euch.«

»Das ist nur zu wahr,« entgegnete der General mit Bitterkeit; »die Geistlichkeit und der hohe Handel, zu deren Beschützer ich mich gemacht und die ich immer und überall vertheidigt habe, lassen mich egoistisch meine letzten Hülfsquellen zu ihrem Schutze gebrauchen, ohne mich einer Hülfe zu würdigen; sie werden mich bald bedauern, wenn, was nur zu wahrscheinlich ist, ich durch ihre Schuld unterliege.«

»Ja, das ist wahr, General, und in der Berathung, die diese Nacht stattgefunden hat, habt Ihr Euch ohne Zweifel auf eine entscheidende Weise von den Absichten dieser Männer, denen Ihr Alles geopfert habt, überzeugt.«

»Allerdings,« antwortete er, indem sein Gesicht sich verdüsterte und er bitter die Worte hervorstieß: »auf alle meine Bitten, auf alle meine Einwendungen haben sie nur ein und dieselbe Antwort gehabt: Wir können nicht; dies war das unter ihnen beschlossene Losungswort!«

»So muß Eure Lage, verzeiht mir diese Offenheit, General, außerordentlich kritisch sein.«

»Sagt unsicher und Ihr werdet der Wahrheit näher kommen, mein Freund; der Schatz ist vollständig leer, ohne daß es mir möglich ist, ihn von Neuem zu füllen; die Armee, welche seit zwei Monaten keinen Sold empfangen hat, murrt und droht, sich aufzulösen; meine Officiere gehen einer nach dem andern zu dem Feinde über; dieser kommt im Geschwindmarsch auf Mexiko los: das ist die wirkliche Lage; wie findet Ihr sie?«

»Traurig, schrecklich traurig, General, und, verzeiht diese Frage, was gedenkt Ihr zu thun, um der Gefahr zu entgehen?«

Anstatt ihm zu antworten, warf ihm der General verstohlen einen durchdringenden Blick zu.

»Aber bevor wir weiter gehen,« nahm Don Adolfo, von Neuem das Wort, »erlaubt mir, General, Euch von meinen Operationen Rechenschaft abzulegen.«

»Oh! Sie sind glücklich gewesen, ich bin davon überzeugt,« erwiderte lächelnd der General.

»Ich habe wenigstens die Hoffnung, daß Ihr sie so finden werdet, Excellenz; darf ich Euch meinen Rapport abstatten?«

»Thut das, mein Freund, ich bin begierig zu hören, was Ihr zur Vertheidigung unserer edlen Sache gethan habt.«

»Oh! erlaubt, General,« sagte lebhaft Don Adolfo, »ich bin nur ein Abenteurer, meine Ergebenheit gehört Euch persönlich.«

»Ich weiß es; nun laßt hören, was bringt Ihr für Nachrichten?«

»Erstens ist es mir gelungen dem General Degollado die Ueberreste des von ihm der Laguna-Seca gestohlenen Geldes abzunehmen.«

»Gut, das ist Kriegsgebrauch, mit diesem Gelde hat er mir Guadalajara genommen. Oh! Castillo! endlich! wie viel ist es ungefähr?«

»Zweihundertsechzigtausend Piaster.«

»Hm! eine ganz hübsche Summe.«

»Nicht wahr? Ich habe ferner jenen Räuber von Cuellar und seinen würdigen Gefährten Carvajal überrascht, endlich hat sich Ihr Freund Felipe Irzabal mit mir veruneinigt, ohne einige Parteigänger Juarez' zu rechnen, welche ihr böser Stern auf meinen Weg führte.«

»Kurz, die Totalsumme dieser verschiedenen Begegnungen, mein Freund...«

»Ist Neunhundert und einige tausend Piaster; die Guerilleros dieses redlichen Juarez sind vortrefflich zu scheeren, sie sind unbeschränkt in dem, was sie thun wollen, und benutzen das, um sich zu mästen, indem sie in trübem Wasser fischen. Noch einmal, ich bringe gegen zwölftausend Piaster mit, welche Euch noch vor einer Stunde auf Mauleseln zugeführt werden sollen und die Ihr vollkommene Freiheit habt, in Euren Schatz zu thun.«

»Aber das ist prächtig!«

»Man thut, was man kann, General.«

»Teufel, wenn alle meine Freunde mit so gutem Erfolg im Lande herumstrichen, würde ich bald reich und im Stande sein, den Krieg kräftig zu unterhalten; leider ist es nicht so. Diese Summe zu der hinzugefügt, die es mir gelungen ist, mir von anderer Seite zu verschaffen, bildet ein ganz hübsches Angeld.«

»Wie, von welcher andern Summe sprecht Ihr, General? Ihr habt also Geld gefunden?«

»Ja,« versetzte er zögernd; »einer meiner Freunde – Attaché bei der spanischen Gesandtschaft – hat mir ein Mittel angerathen.«

Don Adolfo sprang in die Höhe, als hätte ihn eine Schlange gebissen.

»Beruhigt Euch, mein Freund,« sagte lebhaft der General, »ich weiß, daß Ihr der Feind des Herzogs seid; indessen seit seiner Ankunft in Mexiko hat er mir große Dienste erwiesen, das könnt Ihr nicht leugnen.«

Der Abenteurer war bleich und düster, er antwortete nicht. Der General fuhr fort; wie alle redliche Seelen fühlte er das Bedürfniß, sich wegen einer schlechten Handlung zu rechtfertigen, obwohl die Noth allein sie ihn hatte begehen lassen.

»Nach der Niederlage von Silao, als mir Alles fehlschlug,« sagte er, »ist es dem Herzog gelungen, meine Regierung von Spanien anerkennen zu lassen; Ihr gebt zu, daß mir dies äußerst nützlich gewesen ist, nicht wahr?«

»Ja, ja, ich gebe es zu, General. Oh, mein Gott! es ist also wahr, was man mir gesagt hat.«

»Und was hat man Euch gesagt?«

»Daß Ihr, durch die hartnäckige Weigerung der Geistlichkeit und des hohen Handels, Euch Hülfe zu leisten, auf's Aeußerste gebracht, einen entsetzlichen Entschluß gefaßt habt.«

»Es ist die Wahrheit,« sagte der General und neigte das Haupt.

»Aber vielleicht ist es noch nicht zu spät; ich bringe Euch Geld, Eure Lage hat sich geändert und wenn Ihr mir erlaubt, will ich gehen...«

»Hört,« sprach der General, ihn durch eine Bewegung zurückhaltend.

In dem Augenblicke wurde die Thür geöffnet.

»Habe ich nicht verboten, mich zu stören?« wandte sich der Präsident an den Huissier, der sich vor ihm verbeugte.

»Der General Marquez, Excellenz,« antwortete gleichgültig der Huissier.

Der Präsident schauderte, eine flüchtige Röthe bedeckte sein Gesicht.

»Laßt ihn eintreten,« befahl er kurz.

Der General Marquez erschien.

»Nun?« fragte der Präsident.

»Es ist geschehn,« erwiderte lakonisch der General, »das Geld ist in den Schatz geflossen.«

»Wie ist es bewerkstelligt worden?« fragte der Präsident mit einem unmerklichen Zittern in der Stimme.

»Ich hatte von Eurer Excellenz die Ordre bekommen, mich mit einer ansehnlichen Macht zu der Gesandschaft Ihrer britischen Majestät zu begeben und von dem englischen Repräsentanten die sofortige Uebergabe der Fonds zu verlangen, die zur Bezahlung der unrechtmäßigen Besitzer von Anweisungen auf die englische Schuld bestimmt waren, indem ich dem Repräsentanten bemerklich machen sollte, daß Ew. Excellenz diese Summe in diesem Augenblick schlechterdings bedürfe, um die Stadt in Vertheidigungszustand zu setzen. Noch mehr, ich verpfändete ihm das Wort Eurer Excellenz für den Ersatz der Summe, die nur als ein Darlehn auf einige Tage betrachtet werden sollte, indem ich ihm außerdem anbot, mit Eurer Excellenz Verabredung zu treffen über die Art der Zahlung, die ihm die angenehmste sein würde. Auf alle meine Vorstellungen begnügte sich der englische Gesandte, mir zu antworten, daß dieses Geld ihm nicht gehöre, daß er nur der verantwortliche Verwahrer desselben sei und es ihm unmöglich wäre, sich daran zu vergreifen. Da ich einsah, daß nach einem länger als eine Stunde währenden Gespräch alle meine Vorstellungen bei einem so unerschütterlichen Entschlusse vergebens waren, entschloß ich mich endlich, den letzten Theil des erhaltenen Befehls auszuführen: ich ließ durch meine Soldaten die Amtssiegel und Koffer der Gesandtschaft erbrechen, und nahm alles Geld, was sich darin befand, indem ich Sorge trug, daß dasselbe zweimal vor Zeugen gezählt wurde, damit die Summe, die ich mir aneignete, constatirt wurde, um sie später vollständig wieder zurück zu erstatten. Ich habe also eine Million vierhunderttausend Piaster[3] genommen, die auf meinen Befehl sofort in den Palast gebracht worden sind.«

Nach diesem kurz gefaßten Bericht verbeugte sich der General Marquez wie ein Mann, der überzeugt ist, vollkommen seine Pflicht gethan zu haben, und der ein Lob dafür erwartet.

»Und der englische Gesandte,« fragte der Präsident, »was that er darauf?«

»Nachdem er protestirt, hat er die Flagge gestrichen und, von dem ganzen Gesandtschaftspersonal gefolgt, die Stadt verlassen, indem er erklärte, daß er jede Verbindung mit der Regierung Eurer Excellenz abbreche und sich vor der unbilligen Handlung der Beraubung, dessen Opfer er sei – nach Jalapa zurückziehe, um neue Instructionen der britischen Regierung abzuwarten.«

»Ich danke Euch, General; ich werde die Ehre haben in einigen Augenblicken noch ausführlicher mit Euch darüber zu sprechen.«

Der General verneigte sich und ging.

---

[3] 6,000,000 Franks.

»Ihr seht, mein Freund,« sagte der Präsident, »jetzt ist es zu spät, das Geld zurückzugeben.«

»Ja, leider ist das Uebel nicht rückgängig zu machen.«

»Was rathet Ihr mir?«

»General, Ihr steht am Rande eines Abgrundes; Euer Bruch mit England ist das größte Unglück, welches Ihr unter den jetzigen Umständen haben konntet; Ihr müßt siegen oder untergehen!«

»Ich werde siegen!« rief der General feurig aus.

»Gott gebe es!« antwortete der Abenteurer, »denn der Sieg allein kann Euch freisprechen.«

Er erhob sich.

»Ihr verlaßt mich schon?« fragte ihn der Präsident.

»Es muß sein, Excellenz; soll ich Euch nicht das Geld hierherbringen lassen, welches ich wenigstens Euren Feinden abgenommen habe?«

Miramon senkte traurig den Kopf.

»Verzeiht, General, ich habe Unrecht, ich hätte nicht also sprechen sollen; weiß ich nicht von mir selbst, daß das Unglück eine schlechte Rathgeberin ist?«

»Habt Ihr nichts von mir zu fordern?«

»Ja, ein Blanquet.«

Der General gab es ihm sogleich.

»Da nehmt,« sagte er; »werde ich Euch vor Eurer Abreise von Mexiko wiedersehen?«

»Ja, General; doch noch ein Wort.«

»Sprecht.«

»Mißtraut diesem spanischen Herzog; dieser Mann verräth Euch!«

Darauf nahm er Abschied von dem Präsidenten und entfernte sich.

IV.

Das Haus der Vorstadt

An der Pforte des Palastes fand Don Adolfo sein Pferd wieder, welches noch immer ein Soldat am Zügel hielt; er schwang sich sogleich in den Sattel und nachdem er dem Manne ein Trinkgeld gegeben hatte, ritt er wieder über die Plaça-Mayor und lenkte in die Straße Tacuba.

Es war ungefähr 9 Uhr Morgens; die Straßen waren mit Fußgängern, Reitern, Wagen und Karren, die sich nach allen Richtungen kreuzten, übersäet. Die Stadt lebte in jener fieberhaften Aufregung, wie man sie in Momenten großer Krisen in den Hauptstädten findet, wo alle Gesichter unruhig, alle Blicke argwöhnisch sind, wo die Unterhaltungen nur mit leiser Stimme geflogen werden, und man stets bereit ist, einen Feind in dem uns begegnenden friedlichen Fremden zu vermuthen.

Indem Don Adolfo durch die Straßen ritt, versäumte er nicht, Alles zu beobachten, was um ihn vorging; diese schlecht verhehlte Unruhe, diese wachsende Angst der Bevölkerung entging ihm nicht. Aufrichtig dem General Miramon ergeben, dessen schöner Character, große Ideen und überhaupt sein wahrhaftes Verlangen nach dem Wohle seine Vaterlandes ihn angezogen hatten, empfand er einen tiefen Kummer bei dem Anblick der allgemeinen Niedergeschlagenheit der Massen und der Ungunst des Volkes für den einzigen Mann, welcher in diesem Augenblick, wenn es treu zu ihm gehalten hätte, vor der Regierung Juarez', das heißt vor der durch den Terrorismus des Säbels geschaffenen Anarchie, es gerettet haben würde. Er setzte seinen Weg fort, ohne, wie es schien, sich mit Dem zu beschäftigen, was um ihn vorging, noch was in den verschiedenen vor den Thüren, auf den Schwellen der Läden und an den Straßenecken versammelten Gruppen verhandelt wurde, in welchen die Wegnahme der englischen Conventionsbons durch den General Marquez auf ausdrücklichen Befehl des Präsidenten der Republik in Aller Munde war und auf tausend verschiedene Weisen beurtheilt wurde.

Als Don Adolfo indessen die Vorstädte erreichte, fand er daselbst die Bevölkerung ruhiger; die Neuigkeit war dort noch wenig verbreitet, und Diejenigen, denen sie bekannt war, schienen sich wenig darum zu bekümmern, oder vielleicht fanden sie diesen Act willkürlicher Autorität ganz einfach.

Don Adolfo fand das ganz natürlich; die Bewohner der Vorstädte größtentheils arm und der niedrigsten Klasse der Bevölkerung angehörend, blieben gleichgültig bei einer Handlung, die sie nicht berühren konnte, von welcher allein die reichen Kaufleute der Stadt verletzt wurden.

Endlich gelangte er in die Nähe von la Guarita oder das Belenthor, und hielt vor einem einsamen Hause still, welches, ohne ärmlich zu sein, ein bescheidenes Aeußere hatte und dessen Thür sorgfältig verschlossen war.

Bei dem Geräusche, welches die Hufschläge des Pferdes verursachten, wurde ein Fenster halb geöffnet und ein Freudenschrei drang aus dem Innern des Hauses; einen Augenblick später wurde die Thür weit geöffnet, um ihn einzulassen.

Don Adolpho ritt hinein, erreichte einen Patio, wo er abstieg und den Zügel seines Pferdes an einen in der Mauer befindlichen Ring befestigte.

»Warum thust Du das, Don Jaime?« sagte die sanfte, melodische Stimme einer Dame, die in den Patio gekommen war; »hast Du denn die Absicht, uns so schnell wieder zu verlassen?«

»Vielleicht, liebe Schwester,« antwortete Don Adolfo oder Don Jaime, »werde ich nur sehr kurze Zeit bei Dir verweilen können, ungeachtet meines lebhaften Wunsches, Dir mehre Stunden zu widmen.«

»Gut, gut, mein Bruder, bei diesem Zweifel laß José Dein Pferd in den Corral führen, wo es besser aufgehoben sein wird, als in dem Patio.«

»Mache es, wie Du willst, liebe Schwester.«

»Hört Ihr, José,« sagte die Dame zu einem alten Diener, »führt Moreno in den Corral, reibt ihn sorgfältig ab und gebt ihm die doppelte Portion Alfalfa; komm, mein Bruder,« fügte sie hinzu, indem sie ihren Arm unter den Don Jaime's schob.

Dieser machte keine Einwendung, und Beide gingen in das Haus.

Das Zimmer, in welches sie eintraten, war ein bescheiden, aber mit Geschmack und jener Sauberkeit, die emsige Sorgfalt verrieth, meublirter Speisesaal, worin ein für drei Personen gedeckter Tisch stand.

»Du frühstückst mit uns, mein Bruder, nicht wahr?"

»Mit Vergnügen; aber vor Allem, liebe Schwester, laß Dich küssen und sage mir, wie sich meine Nichte befindet?«

»Deine Nichte wird sogleich hier sein; was ihren Vetter anbetrifft, so ist er abwesend, weißt Du es nicht?«

»Ich glaubte, er wäre zurück.«

»Noch nicht, aber wir sind seinetwegen sehr unruhig, eben so wie Du, er führt ein sehr geheimnißvolles Leben; er reist ab, ohne zu sagen, wohin er geht, bleibt oft lange Zeit fort, dann kommt er zurück, ohne zu erklären, woher er kommt.«

»Geduld, Maria, Geduld; weißt Du nicht,« antwortete er mit einer leisen Trauer im Tone seiner Stimme, »daß wir für Dich, für Deine Tochter arbeiten? Eines Tages, hoffe ich, wird sich Alles aufklären.«

»Gott gebe es, Don Jaime, aber wir sind so allein und sehr unruhig in diesem kleinen Hause; das Land ist in einem Zustande beklagenswerthen Aufruhrs, die Wege sind durch Räuber unsicher gemacht, wir zittern in jedem Augenblick, daß Du oder Don Estevan in die Hände Cuellar's, Carvajal's oder del Rayo's fallen könntet, dieser Banditen ohne Glauben noch Gesetz, von denen man uns täglich die schrecklichsten Dinge berichtet.«

»Beruhige Dich, meine Schwester, Cuellar, Carvajal und selbst ... el Rayo,« antwortete er lächelnd, »sind nicht so schrecklich, als man sie Euch darstellt; übrigens bitte ich Dich nur um noch ein wenig Geduld; bevor ein Monat vergeht, ich wiederhole es Dir, wird jedes Geheimniß aufhören, die Gerechtigkeit wieder hergestellt sein.«

»Gerechtigkeit!« seufzte Donna Maria, »wird mir diese Gerechtigkeit mein verlornes Glück, meinen Sohn wiedergeben?

»Meine Schwester,« erwiderte er mit einer gewissen Feierlichkeit, »warum an der Allmacht Gottes zweifeln? Hoffe, sage, ich Dir«

»Ach, Don Jaime, begreifst Du die Tragweite dieses Wortes? Weißt Du, was es einer Mutter bedeutet, zu sagen: Hoffe?«

»Maria, muß ich Dir wiederholen, daß Du und Deine Tochter die einzigen Bande sind, die mich an das Leben knüpfen, daß ich Euch dasselbe vollkommen gewidmet habe, um Euch eines Tags gerächt und dem hohen Range, von dem Ihr niemals hättet herabsteigen sollen, allen Familienfreuden und allen Regungen des Ehrgeizes zurückgegeben zu sehen! Glaubst Du denn, daß Du mich so ruhig und entschlossen sehen würdest, wenn ich nicht die Gewißheit hätte, das Ziel, welches ich seit so langen Jahren mit solcher Beharrlichkeit und so großer Hartnäckigkeit verfolge, zu erreichen? Kennst Du mich denn nicht mehr? Hast Du kein Vertrauen mehr zu mir?«

»Ja, ja, mein Bruder, ich vertraue Dir,« rief sie, indem sie sich in seine Arme warf, »und sieh, deshalb zittere ich unaufhörlich, selbst wenn Du sagst, daß ich hoffen soll, weil ich weiß, daß Dich nichts zurückhalten würde, daß Du jedes Hinderniß überwinden, jeder Gefahr trotzen würdest, fürchte ich, daß Du in diesem unsinnigen, nur für mich allein unterhaltenen Kampf, unterliegen könntest."

»Und für die Ehre unseres Namens, meine Schwester, vergiß es nicht, um einem berühmten Wappen seinen verdunkelten Glanz wieder zu geben; aber brechen wir davon ab, da kommt meine Nichte; von der ganzen Unterredung erinnere Dich nur des einen Wortes, welches ich Dir wiederhole: Hoffe!«

»Oh! habe Dank, mein Bruder,« rief sie, indem sie ihn ein letztes Mal umarmte.

In diesem Augenblick öffnete sich eine Thür und ein junges Mädchen trat ein.

»Ah! mein Onkel, mein guter Onkel,« rief sie, indem sie auf ihn zu eilte und ihm beide Wangen hin hielt, die er mehre Male küßte, »endlich seid Ihr da, willkommen, willkommen!«

»Was hast Du, Carmen, mein liebes Kind,« sagte er gerührt, »Deine Augen sind roth, Du siehst bleich aus, Du hast wieder geweint.«

»Es ist nichts, mein Onkel, als eine Thorheit nervöser und unruhiger Frauen, das ist Alles; Ihr bringt uns also Don Estevan nicht zurück?«

»Nein,« antwortete er leicht hin, »er wird erst in einigen Tagen zurückkommen; übrigens aber befindet er sich vollkommen wohl,« setzte er hinzu, indem er einen Blick des Einverständnisses mit Donna Maria austauschte.

»Ihr habt ihn gesehen?«

»Ei! vor kaum zwei Tagen, ich bin selbst die Ursache seines längeren Ausbleibens, ich habe ihn veranlaßt, daß er noch nicht zurückkommt, da ich seiner dort unten bedarf. Aber wollen wir nicht frühstücken? Ich komme fast vor Hunger um,« sagte er, um der Unterhaltung eine andere Wendung zu geben.

»Freilich, ja, sogleich, wir erwarteten nur Carmen sprach Maria, »da sie da ist, wollen wir uns zu Tische setzen;« darauf schlug sie auf eine Glocke.

Derselbe alte Diener, welcher das Pferd Don Jaime's in den Corral geführt hatte, trat ein.

»Du kannst anrichten, Josè,« sagte Donna Carmen zu ihm.

Man nahm am Tische Platz und die Mahlzeit begann.

Wir wollen hier mit wenigen Worten das Portrait dieser beiden Damen, welche unsere Erzählung vorzuführen fordert, zeichnen.

Die Erstere, Donna Maria, Schwester Don Jaime's, war eine noch schöne Frau, obwohl ihre verwelkten und abgespannten Züge Spuren tiefen Schmerzes trugen. Ihre Haltung war edel, ihre Manieren anmuthig, ihr Lächeln sanft und traurig. Obwohl höchstens zwei und vierzig Jahr, war ihr Haar vollständig weiß, sie umrahmten ihr bleiches und schönes Gesicht und bildeten einen seltsamen Contrast mit ihren schwarzen Augenbrauen und ihren lebhaften, glänzenden Augen, die Kraft und Jugend athmeten.

Donna Maria trug lange Trauerkleider, die ihr einen Schein von Frömmigkeit und Heiligkeit verliehen.

Donna Carmen, ihre Tochter, war höchstens zwei und zwanzig Jahr alt; schön wie ihre Mutter, war das lebhafte Ebenbild derselben in ihrer Jugend. Alles an ihr war anmuthig und hübsch, ihre Stimme besaß Modulationen außerordentlicher Sanftheit, ihre Stirn zeugte von Reinheit und aus ihren großen, schwarzen, mit langen, sammetartigen Wimpern besetzten Augen leuchtete ein sanfter, feuchter Blick von seltsamem Zauber.

Ihre Tracht war einfach: sie bestand aus einem weißen Mousselinkleide, welches durch ein breites, blaues Band um die Taille gehalten wurde und einer gestickten Spitzenmantille.

So waren die beiden Damen.

Ungeachtet der Gleichgültigkeit, welche Don Jaime, der Abenteurer, zur Schau trug, war er sichtlich unruhig und besorgt. Zuweilen vergaß er, die Gabel zum Munde zu führen und lauschte auf das für ihn allein wahrnehmbare Geräusch. Dann wieder verfiel er in eine so tiefe Träumerei, daß seine Schwester und Nichte genöthigt waren, ihn durch eine leichte Berührung aus seiner Zerstreutheit zu wecken.

»Dich beunruhigt gewiß Etwas, mein Bruder,« konnte Donna Maria sich zu sagen nicht enthalten.

»Ja,« fügte das junge Mädchen hinzu,»diese Zerstreutheit ist nicht natürlich, mein Onkel, sie beunruhigt uns; was habt Ihr?«

»Ich, nichts, ich versichere Euch,« antwortete er.

»Ihr verbergt uns etwas, lieber Onkel.«

»Du irrst Dich, Carmen, ich verberge Euch nichts, was mich persönlich angeht wenigstens; aber in diesem Augenblick herrscht eine solche Aufregung in der Stadt, daß ich offen gestehe, ich fürchte ein Katastrophe.«

»Sollte sie so nahe sein.«

»Oh! ich denke es nicht; allein, vielleicht wird ein Aufruhr stattfinden, Versammlungen, was weiß ich? Ich rathe Euch ernstlich, heute nicht auszugehen, wenn es nicht durchaus nothwendig ist.«

»Oh! weder heute noch morgen, mein Bruder,« erwiederte lebhaft Donna Maria; »schon seit langer Zeit gehen wir nicht mehr aus, ausgenommen in die Messe.«

»Selbst in die Messe zu gehen, würde in nächster Zeit, glaube ich, unvorsichtig sein.«

»Die Gefahr ist also so groß?« fragte sie mit Unruhe.

»Ja und nein, meine Schwester; wir befinden uns in einem Augenblick der Krisis, wo eine Regierung auf dem Puncte steht zu fallen, um durch eine andere ersetzt zu werden! Ihr seht ein, daß die Regierung, welche fällt, heut ohnmächtig ist, die Bürger zu schützen; während dagegen zur Zeit die andere weder die Macht, noch ohne Zweifel den Willen hat, über die öffentliche Sicherheit zu wachen; nun ist es aber unter solchen Umständen das Weiseste, sich selbst zu schützen.«

»Du erschreckst mich wirklich, mein Bruder.«

»Mein Gott, lieber Onkel, was soll da aus uns werden?« rief Donna Carmen, vor Schreck die Hände faltend, »diese Mexikaner machen mir Furcht, es sind wirkliche Barbaren.«

»Beruhigt Euch, sie sind nicht so böse, wie Ihr glaubt; sie sind trotzig, schlecht erzogen und streitsüchtig, das ist Alles; aber ihr Herz ist im Grunde gut, ich kenne sie seit langer Zeit und bürge für ihre guten Gesinnungen.«

»Aber Ihr kennt den Haß, mein Onkel, den sie gegen uns Spanier haben.«

»Leider muß ich zugeben, daß sie uns das Böse, dessen sie unsere Väter anklagen, ihnen zugefügt zu haben, mit Wucher zurückgeben und uns herzlich verabscheuen; aber man weiß nicht, daß wir Spanier sind, man hält Euch für Eingeborene des Landes, und das ist für Euch von Nutzen. Was Don Estevan betrifft, so gilt er für einen Peruaner und von mir ist Jederman überzeugt, daß ich ein Franzose bin. Ihr seht also wohl ein, daß die Gefahr nicht so groß ist, wie Ihr vermuthet und daß, wenn Ihr keine Unvorsichtigkeit begeht, für jetzt nichts zu fürchten ist. Ueberdies werdet Ihr nicht ohne Beschützer bleiben, ich werde Euch nicht allein mit einem alten Diener in diesem Hause lassen, wenn eine Katastrophe so nahe ist; seid also guten Muthes.«

»Werdet Ihr nicht bei uns bleiben, lieber Onkel?«

»Ich würde es mit Freuden thun, mein liebes Kind; leider aber, wage ich nicht es Euch zu versprechen, denn ich fürchte, es wird mir unmöglich sein.« »Aber, mein Onkel, was habt Ihr denn für wichtige Geschäfte?«

»Still, kleine Neugierige; gieb mir ein Wenig Feuer, um meine Cigarette anzuzünden, ich weiß nicht, wo ich meinen Zündschwamm gelassen habe.«

»Ja,« antwortete sie, indem sie ihm ein Streichholz reichte, »immer Eure alte Taktik, um das Gespräch auf einen andern Gegenstand zu bringen; hört, lieber Onkel, Ihr seid ein schrecklicher Mann.«

Don Jaime zündete seine Cigarette an, ohne etwas darauf zu erwidern.

»Apropos,« begann er einen Augenblick später, »habt Ihr Jemand von dem Rancho gesehen?«

»Ja, vor ungefähr vierzehn Tagen kam Loïck mit seiner Frau Therese und brachte uns Käse und zwei Schläuche mit Branntwein.«

»Hat er nichts von Arenal gesagt?«

»Nein, Alles war noch beim Alten.«

»Um so besser.«

»Er hat nur von einem Verwundeten gesprochen.«

»Ah! ah! Nun?«

»Mein Gott, ich erinnere mich nicht mehr genau, was er gesagt hat.«

»Wartet, lieber Onkel, ich weiß es; er sagte Folgendes: Sennorita, sobald Ihr Euren Onkel seht, seid so gütig, ihn zu benachrichtigen, daß der Verwundete, den er im Erdgeschoß untergebracht und Lopez zur Ueberwachung anvertraut hat, die Abwesenheit desselben zu seiner Flucht benutzt hat und daß es uns trotz aller unserer Nachforschungen nicht gelungen ist, ihn wieder aufzufinden.«

»Verwünscht!« rief Don Jaime wüthend aus, »warum hat dieser dumme Dominique ihn nicht wie ein wildes Thier umkommen lassen? Es ahnte mir, daß es so enden würde!«

Aber, als er die Ueberraschung bemerkte, die sich auf den Gesichtern der beiden Damen bei diesen seltsamen Worten zeigte, schwieg er und die vollkommenste Gleichgültigkeit annehmend, fuhr er fort:

»Ist das Alles?«

»Ja, mein Onkel, er hat mir aufgetragen, es nicht zu vergessen, Euch davon zu benachrichtigen.«

»Oh! die Sache ist nicht der Mühe werth, aber das ist gleichgültig, liebes Kind, ich danke Dir,« dann erhob er sich und setzte hinzu: »Jetzt bin ich genöthigt, Euch zu verlassen.«

»Schon!« riefen die beiden Damen, rasch von ihren Sitzen auffahrend.

»Es muß sein! Wofern nicht unvorhergesehene Ereignisse eintreten, muß ich mich diese Nacht zu einer von hier sehr entfernten Zusammenkunft begeben; ich werde jedoch Sorge tragen, wenn ich nicht, wie ich hoffe, sogleich zurückkehren kann, mich durch Don Estevan ersetzen zu lassen, damit Ihr nicht ohne Schutz bleibt.«

»Das wird nicht dasselbe sein.«

»Habt Dank; doch bevor wir uns trennen, müssen wir noch ein Wenig von Geschäften sprechen; das Geld, welches ich Dir bei meinem letzten Hiersein gegeben habe, muß beinahe verbraucht sein, nicht wahr?«

»Oh! wir geben nicht viel aus, mein Bruder, wir leben so ökonomisch, daß uns noch eine hübsche Summe bleibt.«

»Um so besser, liebe Schwester, es ist immer vorzuziehen, zu viel zu haben als zu wenig; da ich jedoch in diesem Augenblick ziemlich reich bin, so habe ich für Dich einige sechszig Unzen zurückgelegt, willst Du so gut sein, sie mir abzunehmen.«

Und in seinen Dolman greifend, zog er eine lange, rothseidene Börse hervor, durch deren Maschen man das Gold blinken sah.

»Aber, das ist zu viel, Bruder; was sollen wir mit einer so großen Summe thun?« .

»Was Du willst, liebe Schwester, das kümmert mich nicht, nimm es immerhin.«

»Nun, weil Du es wünschest, so sei es.«

Apropos, Du wirst vielleicht außer der angegebenen Summe noch einige vierzig Unzen vorfinden; mögen zu Deiner und Carmen's Toilette dienen, ich will, daß sie sich stets, sobald es ihr gefällt, elegant kleiden kann.«

»Mein guter Onkel!« rief da junge Mädchen aus, »ich bin gewiß, Ihr entzieht es Euch unsertwegen.«

»Das geht Dich nichts an, Sennorita, es ist einmal meine Laune, daß ich Dich schön sehen will; Deine Pflicht als ergebene Nichte ist, mir zu gehorchen, ohne Dir Bemerkungen zu erlauben. Und nun umarmt mich Beide und laßt mich aufbrechen, ich habe schon zu lange verweilt.«

Die beiden Damen folgten ihm in den Patio und halfen Moreno satteln, welchen Donna Carmen mit Zucker speiste und liebkoste, wofür das edle Thier sehr erkenntlich schien.

In dem Augenblick als Don Jaime dem alten Diener befahl, das Thor zu öffnen, ließ sich draußen der eilige Galopp eines Pferdes vernehmen; gleich darauf wurden mehre Schläge an die Thür gethan.

»Oh! oh!« meinte Don Jaime, »wer sucht uns denn hier auf?« und er schritt entschlossen auf die Thür zu.

»Mein Onkel, mein Bruder!« riefen die beiden Damen zugleich, indem sie ihn zurück zu halten suchten.

»Laßt mich nur machen,« sagte er, indem er sie durch einen Wink veranlaßte zu schweigen, »wir müssen wissen, wer es ist. Wer da?« schrie er.

»Freund,« antwortete man.

»Das ist Loïck's Stimme,« sagte der Abenteurer, und er öffnete die Thür.«

Der Ranchero trat ein.

»Gott sei gelobt!« rief er, als er Don Jaime erkannte, »der Himmel läßt mich Euch hier finden.«

»Was giebt es denn?«   fragte der Abenteurer rasch.

»Ein großes Unglück,« antwortete er, »die Hacienda-del-Arenal ist von der Bande Cuellar's genommen worden.«

»Verwünscht!« rief der Abenteurer bleich vor Zorn.

»Wann ist es geschehen?«

»Vor drei Tagen.«

Der Abenteurer zog ihn rasch in das Innere des Hauses.

»Hast Du Hunger? – oder Durst?« fragte er.

»Seit drei Tagen habe ich weder etwas gegessen, noch getrunken, so sehr trieb mich die Eile hier her zu kommen.«

»So ruhe Dich aus und iß, dann wirst Du mir das Vorgefallene mittheilen.

Die beiden Damen stellten eiligst Brot, Fleisch Branntwein vor den Ranchero. Während Loïck seine Mahlzeit hielt, der er so dringend bedurfte, schritt Don Jaime erregt im Saale auf und nieder. Auf seinen Wink hatten sich die Damen diskret zurückgezogen und ihn mit dem Ranchero allein gelassen.

»Bist Du fertig?« fragte er ihn, als er bemerkte, er nicht mehr aß.

»Ja,« versetzte dieser.

»Fühlst Du Dich im Stande, mir jetzt die stattgehabten Ereignisse mitzutheilen?«

»Ich stehe Ihnen zu Befehl, Sennor.«

»So laß hören.«

Nachdem der Ranchero ein letztes Glas Pulque geleert halte, begann er seine Erzählung.

V.

Don Melchior.

Wir wollen hier unsern Bericht einschalten, da der des Ranchero vieler Einzelheiten entbehren würde, indem ihm nur die Thatsachen bekannt waren, die man ihm selbst überbracht hatte, und kehren demnach zu dem Augenblick zurück, wo Olivier – denn der Leser hat ihn ohne Zweifel in Don Jaime wieder erkannt, – sich von Donna Dolores und dem Grafen ungefähr zwei Meilen von der Hacienda-del-Arenal getrennt hatte.

Donna Dolores und ihre Begleiter erreichten die Hacienda erst einige Minuten vor Sonnenuntergang.

Beunruhigt durch dieses lange Ausbleiben, empfing sie Don Andrès mit der lebhaftesten Freude.

Er hatte sie schon von Weitem bemerkt, und da er Leo Carral bei ihnen sah, war er beruhigt.

»Bleibt nicht wieder so lange außen, Herr Graf,« sagte er zu Ludovic, in väterlichem Tone, »ich begreife vollkommen, welches Vergnügen es für Euch sein muß, einen Ritt in Gesellschaft der kleinen Närrin Dolores zu machen, aber Ihr könnt Euch verirren; um so mehr als die Wege in dieser Zeit durch Landstreicher unsicher sind, die allen Theilen dieser unglücklichen Republik angehören und sich eben so wenig Scrupel machen, auf einen vornehmen Mann zu schießen, wie um einen Coyoten niederzuschlagen.«

»Ich halte Eure Befürchtungen für übertrieben, Herr, wir haben eine entzückende Promenade gemacht, ohne daß etwas Verdächtiges dieselbe gestört hätte.«

Also plaudernd begaben sie sich in den Speisesaal, wo das Mittagessen servirt war.

Die Mahlzeit war wie gewöhnlich schweigsam, nur zwischen dem jungen Mädchen und dem Grafen schien das Eis gebrochen, denn sie plauderten, was nie vorher geschehen war.

Don Melchior war finster und abgemessen wie immer; wahrscheinlich erstaunt indessen über das gute Einvernehmen, welches zwischen seiner Schwester und dem französischen Edelmann zu herrschen schien, wandte er mehrmals den Kopf nach ihnen, und warf einen seltsamen Blick auf sie, den jedoch die jungen Leute nicht beachteten, sondern in ihrer halblauten Unterhaltung fortfuhren.

Don Andrès war entzückt; in seiner Freude sprach er laut, scherzte mit Jedem, aß und trank für Vier.

Als man sich vom Tische erhob, hielt Ludovic den Greis in dem Augenblick, wo dieser sich verabschieden wollte, zurück.

»Verzeihung,« sagte er, »ich möchte um eine kurze Unterredung bitten.«

»Ich stehe Euch zu Diensten,« antwortete Don Andrès.

»Ich weiß nicht, wie ich es Euch erklären soll, Mein Herr, ich fürchte ohne Ueberlegung gehandelt und einen Verstoß gegen die Schicklichkeit begangen zu haben.«

»Ihr, Herr Graf,« erwiderte Don Andrès lächelnd, »Ihr gestattet mir, daran zu zweifeln.«

»Ich danke Euch für die gute Meinung, die Ihr von mir habt; indessen muß ich Euch Rechenschaft von Dem ablegen, was ich gethan habe.«

»So bitte, erklärt Euch.«

»Die Sache ist in wenigen Worten folgende: da ich glaubte, mich direct nach Mexiko zu begeben – denn es ist Euch bekannt, daß ich Eure Anwesenheit hier nicht vermuthete ...«

»In der That,« unterbrach ihn der Greis, »fahrt fort, ich bitte.«

»So hatte ich an einen meiner vertrauten Freunde, Attaché bei der französischen Gesandtschaft geschrieben, um ihm meine Ankunft anzuzeigen und ihn ferner zu bitten, mir eine Wohnung zu besorgen. Dieser Freund nun, es ist der Baron Charles de-Meriadec und gehört einem sehr guten Adel Frankreichs an, nahm meine Bitte günstig auf und ließ es sich angelegen sein, meinen Wunsch zu erfüllen. Mittlerweile vernahm ich, daß Ihr diese Hacienda bewohntet, Ihr waret so freundlich, mir Gastfreundschaft anzubieten; ich schrieb daher sogleich an den Baron, die ganze Sache aufzugeben, da ich wahrscheinlich auf längere Zeit bei Euch bleiben würde.«

»Indem Ihr meine Gastfreundschaft annahmt, Herr Graf, habt Ihr mir einen Beweis Eurer Freundschaft und Eures Vertrauens gegeben, für welchen ich Euch äußerst dankbar bin.«

»Ich glaubte Alles zwischen mir und meinem Freunde geordnet, als ich heute Morgen von ihm ein Billet erhalte, in welchem er mir anzeigt, daß er einen Urlaub erhalten habe und denselben bei mir zuzubringen gedenkt.«

»Ah! Caramba!« rief erfreut Don Andrès, »die Idee ist entzückend und ich werde Eurem Freunde dafür danken.«

»Ihr findet also nicht, Herr, daß es etwas dreist gehandelt ist?«

»Was nennt Ihr dreist, Herr Graf?« unterbrach ihn lebhaft Don Andrès; »seid Ihr nicht beinahe mein Schwiegersohn?«

»Aber, ich bin es noch nicht, mein Herr.«

»Gott sei Dank, das wird nicht mehr lange dauern; also Ihr seid hier zu Haus und habt vollkommene Freiheit, Eure Freunde zu empfangen.«

»Selbst wenn ihre Anzahl tausend erreichte,« sagte Don Melchior, welcher der ganzen Unterredung beiwohnte, mit erzwungenem Lachen.

Der Graf that, als schenke er der freundlichen Gesinnung des jungen Mannes Glauben, und antwortete ihm mit einer Verbeugung:

»Ich danke Euch, mein Herr, daß Ihr hierin mit Eurem Vater einverstanden seid, es ist mir ein Beweis Eurer Güte, welche Ihr mir jedes Mal bezeigt, sobald die Gelegenheit sich dazu bietet.«

Don Melchior verstand den unter diesen Worten verborgenen Sarcasmus, er verbeugte sich kalt und entfernte sich murrend.

»Und wann wird der Baron de-Meriadec kommen?« begann Don Andrès von Neuem.

»Mein Gott, Ihr seht mich in Verlegenheit, aber ich muß Euch Alles gestehen, und so glaube ich, daß er morgen früh hier sein wird.«

»Desto besser, ist er ein junger Mann?

»Beinahe von meinem Alter; ich muß jedoch bevorworten, daß er sehr schlecht spanisch spricht und es kaum versteht.«

»Er wird hier Personen finden, mit denen er französisch sprechen kann. Ihr habt Recht gehabt, mich davon zu benachrichtigen, ohne dies würden wir beinahe überrascht worden sein, ich will sogleich Befehl geben, noch diesen Abend ein Zimmer für ihn einzurichten.«

»Verzeiht, mein Herr, aber ich würde in Verzweiflung sein, wenn ich Euch die geringsten Umstände verursachte.«

»Oh! seid außer Sorge, an Platz fehlt es uns, Gott sei Dank, nicht und es wird leicht sein, ihn bequem unterzubringen.«

»Das ist es nicht, Herr, was ich sagen will, Eure ausgedehnte Gastfreundschaft kenne ich ja; allein, ich glaube, es würde besser sein, den Baron bei mir zu placiren, meine Diener würden ihn bedienen, mein Zimmer ist groß.«

»Aber das würde Euch schrecklich geniren.«

»Keineswegs; im Gegentheil, ich habe mehr Zimmer, als ich deren bedarf, er kann recht gut eins davon nehmen; auf diese Weise können wir nach Belieben plaudern; wir haben uns seit zwei Jahren nicht gesehen, uns daher manche Mittheilung zu machen.«

»Ihr fordert es, Herr Graf?«

»Ich bin in Eurem Hause, Herr, habe also nichts zu verlangen; es ist nur eine Gunst, um die ich bitte, nichts Anderes.«

»Da es so ist, Herr Graf, soll Euer Wunsch erfüllt werden; wenn Ihr erlaubt, soll noch diesen Abend Alles in Stand gesetzt werden.«

Ludovic verabschiedete sich darauf von Don Andrès und zog sich in seine Zimmer zurück; aber fast unmittelbar hinter ihm traten mehre Diener mit Meubeln herein, die seinen Salon in wenigen Augenblicken in ein comfortabel eingerichtetes Schlafzimmer umgestalteten.

Sobald der Graf sich mit seinem Kammerdiener allein sah, theilte er, ihm mit, da er bei der Zusammenkunft zugegen gewesen war, was derselbe zu wissen nöthig hatte, um seine Rolle zu spielen, ohne einen Schnitzer zu begehen.

Am andern Tage gegen 9 Uhr Morgens wurde der Graf benachrichtigt, daß ein europäisch gekleideter Reiter, gefolgt von einem Arriero, der zwei mit Reisesäcken und Koffer beladene Maulesel führte, sich der Hacienda näherte.

Ludovic zweifelte nicht, daß es Dominique sei, er erhob sich und eilte an die Pforte der Hacienda, wo bereits Don Andrès harrte, um dem Fremden die Honneurs als Besitzer des Hauses zu machen.

Der Graf war innerlich nicht wenig beunruhigt darüber, wie der Vaquero diese so einfache und enge europäische Kleidung tragen würde, die es schon aus letzterem Grunde schwierig war, mit Ungezwungenheit zu tragen; aber er verbannte fast gleich darauf bei dem Anblick dieses stolzen und schönen jungen Mannes, der so anmuthig daher ritt und dessen ganzer Gestalt unstreitig der Stempel außergewöhnlicher Distinction aufgedrückt war, alle Sorge, Einen Augenblick zweifelte er, daß dieser elegante Cavalier derselbe Mann sei, den er am Abend vorher gesehen, und dessen freie, leicht triviale Manieren ihn für die Rolle hatte fürchten lassen, die er zu spielen unternahm, aber er überzeugte sich bald, daß es wirklich Dominique war, den er vor sich hatte.

Die beiden jungen Leute umarmten einander mit den lebhaftesten Freundschaftsbezeigungen, worauf der Graf seinen Freund Don Andrès vorstellte.

Entzückt über die gute Tournüre und das vornehme Aeußere des jungen Mannes, empfing ihn der Haciendero auf das Herzlichste, darauf entfernten sich der Graf und der Baron, gefolgt von dem Arriero, der kein Anderer als Loïck, der Ranchero, war.

Sobald die Maulesel abgeladen, die Koffer und Reisetaschen in das Zimmer gebracht waren, belohnte der Baron – denn wir müssen ihm einstweilen diesen Titel beilegen – den Arriero mit einem guten Trinkgeld, wofür dieser sich in Danksagungen erging und sich darauf eiligst mit seinen Mauseseln entfernte, da er sich nicht allzulange in der Hacienda aufhalten wollte, aus Furcht einem bekannten Gesichte zu begegnen.

Sobald die beiden jungen Leute allein waren, mußte Raimbaut im Vorzimmer Wache halten, damit sie nicht überrascht wurden, worauf sie in dem Schlafzimmer des Grafen eine lange, ernste Unterredung begannen, während welcher Ludovic den Baron mit den Personen ver Hacienda bekannt machte, mit denen er für einige Zeit zu leben berufen war. Vor Allem machte er ihn auf Don Melchior aufmerksam, dem zu mißtrauen er ihn aufforderte, und er empfahl ihm, nicht zu vergessen, daß er nur wenig Worte spanisch sprach und was wesentlich war, es gar nicht verstand.

»Ich habe lange Zeit unter den Rothhäuten gelebt,« antwortete der junge Mann, »und habe aus den von ihnen empfangenen Lehren Nutzen gezogen; Ihr werdet selbst von der Vollkommenheit überrascht sein, mit welcher ich meine Rolle spielen werde.«

»Ich gestehe, daß ich es schon bin; Ihr habt meine Erwartungen vollkommen übertroffen; ich war weit entfernt, ein solches Resultat zu erwarten.«

»Ihr schmeichelt mir; ich werde mich bemühen, Euren Beifall immer mehr zu verdienen.«

»Allein mir fällt ein, mein lieber Charles,« begann lächelnd der Gras, »wir sind alte Freunde und Schulkameraden.«

»Ei, gewiß, wir haben uns schon als Kinder gekannt;« erwiderte der Andere eben so.

»Scheint es Euch nicht, daß wir uns dutzen sollten?«

»Allerdings, das ist nothwendig, die Vollkommenheit unserer Rolle fordert es.«

»Nun, wohlan, so nennen wir uns Du.«

»Ich dächte auch, zwei Kameraden wie wir.«

Darauf drückten sich die beiden jungen Leute herzlich die Hand und lachten wie Schüler in den Ferien.

Ein Theil des Tages verfloß ohne andern Zwischenfall als die Vorstellung des Barons Charles de-Meriadec durch seinen Freund den Grafen de-la-Saulay bei Donna Dolores und ihrem Bruder, Don Melchior de-la-Cruz, welcher doppelten Vorstellung sich der vermeintliche Baron als ein vollendeter Schauspieler unterwarf.

Donna Dolores beantwortete das Compliment, welches der junge Mann ihr machen zu müssen glaubte mit einem freundlichen und ermuthigenden Lächeln.

Don Melchior dagegen begnügte sich mit einer Verbeugung, ohne ihm zu antworten, indem er ihm einen scheelen Blick zuwarf.

»Hm!« sagte der Baron, als er sich wieder mit dem Grafen allein sah, »dieser Don Melchior macht auf mich in der That den Eindruck einer häßlichen Raupe.«

»Ich theile vollkommen diese Meinung,« antwortete gerade heraus der Graf.

Gegen drei Uhr Nachmittags ließ Donna Dolores die beiden jungen Leute fragen, ob sie ihr die Ehre erweisen wollten, ihr einige Augenblicke Gesellschaft zu leisten; sie nahmen es mit Freuden an und beeilten sich, ihrem Wunsche nachzukommen.

Im Hofe trafen sie Don Melchior; der junge Mann sprach nicht mit ihnen, aber er verfolgte sie mit den Augen, bis sie in dem Zimmer seiner Schwester verschwunden waren.

So verfloß ein Monat, ohne daß das einförmige Leben der Bewohner der Hacienda gestört worden wäre.

Der Graf und sein Freund machten öfters in Gesellschaft des Haushofmeisters Ausflüge, sei es zur Jagd oder einfache Spaziergänge; zuweilen, aber nur selten, begleitete sie Donna Dolores.

Jetzt, wenn sie sich mit dem Grafen allein sah, schien sie dieses Zusammensein weniger zu fürchten; manchmal schien sie sogar ein gewisses Vergnügen daran zu finden; sie nahm seine Aufmerksamkeiten günstig auf, lächelte über seine Einfälle und bewies ihm bei jeder Gelegenheit vollständiges Vertrauen.

Aber für den sogenannten Baron zeigte sie einen merklichen Vorzug, sei es daß sie ihm, weil sie wußte, wer er wirklich wir, keine Wichtigkeit beilegte, sei es aus reiner Laune weiblicher Coquetterie, sie gefiel sich darin, mit dieser Natur, deren unbezähmbare Energie sie nicht kannte, zu spielen und die Macht ihrer Reize auf diesen unbefangenen jungen Mann zu erproben.

Dominique bemerkte nicht oder that wenigstens als bemerkte er das listige Verfahren des jungen Mädchens nicht; von ausgesuchter Höflichkeit und einer unbegrenzten Zuvorkommenheit gegen sie, blieb er stets in den strengen Grenzen, die er sich selbst auferlegt hatte, indem er bei einem Manne, für welchen er eine aufrichtige

Freundschaft empfand und der, wie er wußte, im Begriff stand, Donna Dolores zu heirathen, keine Eifersucht erregen wollte.

Was Don Melchior anbetrifft, so war sein Character immer mißmuthiger geworden, seine Abwesenheiten wurden länger und häufiger, und nur bei seltenen Gelegenheiten, wenn der Zufall ihn mit den beiden jungen Leuten in Berührung brachte, erwiderte er schweigend ihren Gruß, ohne sie weiter eines Wortes zu würdigen; in der That, der Widerwille, den er Anfangs gegen sie zu empfinden schien, war mit der Zeit in Haß übergegangen.

Inzwischen nahmen die politischen Ereignisse mit wachsender Schnelligkeit ihren Fortgang, die Truppen Juarez' hatten das Land besetzt; schon drang der Vortrab seiner Partei bis in die Umgegend der Hacienda, man sprach von spanischen Besitzthümern, die mit Sturm genommen, geplündert und in Brand gesteckt seien, und deren Herren man, nachdem sie durch die Guerilleros beraubt worden, feig ermordet hatte.

In Arenal war die Unruhe groß: Don Andrès de-la-Cruz, den seine Eigenschaft als Spanier nur wenig über die Zukunft beruhigen konnte, traf die ausgedehntesten Vorkehrungen, um nicht durch den Feind überrascht zu werden. Schon öfters hatte man es ernstlich in Ueberlegung gezogen, die Hacienda zu verlassen und sich nach Puebla zu begeben, aber immer hatte es Don Melchior hartnäckig verweigert.

Indessen erregte die sonderbare Lebensweise, welche der junge Mann führte, seitdem sich der Graf in der Hacienda befand, seine Neigung sich abzuschließen, seine häufige, lange Abwesenheit, – und mehr als Alles, die Empfehlung Don Olivier's, dessen wahrscheinlich seit langer Zeit gewecktes Mißtrauen auf ihm allein bekannte Thatsachen beruhte und die Gegenwart Dominique's unter dem Namen eines Barons von Meriadec nöthig gemacht hatte, – den Verdacht des Grafen, den die geheime Antipathie, welche er vom ersten Tage an gegen Melchior empfand, fast zu einer Gewißheit machte.

Nach reiflicher Ueberlegung hatte sich der Graf entschlossen, Dominique und Leo Carral zu Vertrauten seiner Besorgnisse zu machen, als er eines Abends, in den Patio eintretend, Don Melchior zu Pferde begegnete, welcher sich aus der Hacienda entfernte.

Der Graf fragte sich, wie Don Melchior es wagen könne, bei einer so späten Stunde, (es war ungefähr neun Uhr Abends) in einer mondscheinlosen Nacht die Hacienda zu verlassen, auf die Gefahr hin, in einen Hinterhalt Don Juarez' Guerillas zu fallen, deren Vortruppen, wie er sehr gut wußte, schon seit einigen Tagen in der Umgegend herumstrichen.

Dieser neue Ausflug des jungen Mannes, den scheinbar nichts motivirte, zerstreute die letzten Zweifel des Grafen, und befestigte ihn in seinem Entschluß, sich sogleich mit seinen beiden Vertrauten zu berathen.

In diesem Augenblick schritt Leo Carral über den Patio. Ludovic rief ihn an.

Der Haushofmeister eilte herbei.

»Wohin geht Ihr denn?« fragte ihn der Graf.

»Ich weiß es Euch selbst nicht zu sagen, Herr Graf,« versetzte der Haushofmeister, »ich bin heut Abend, ohne zu wissen warum, unruhiger als gewöhnlich, und wollte einen Gang um die Hacienda machen.«

»Es ist vielleicht eine Ahnung,« sagte der Graf nachdenklich, »soll ich Euch begleiten?«

»Ich wollte ein Wenig in der Umgegend herumstreichen,« erwiderte No Leo Carral.«

»Gut, laßt mein Pferd und dasjenige Don Carlos' satteln, wir werden in einem Augenblick bei Euch sein.«

»Vor allen Dingen, Herr Graf, nehmt keine Diener mit, laßt uns unsere Sache allein abmachen, ich habe einen Plan; wir müssen jeden Verrath zu vermeiden suchen.«

»Ich bin ganz Eurer Meinung. In zehn Minuten werden wir hier sein.«

»Ihr werdet Eure Pferde an der Pforte des ersten Hofes finden. Ich brauche Euch, nicht anzuempfehlen, Euch gut zu bewaffnen.«

»Seid unbesorgt.«

Der Graf kehrte in sein Zimmer zurück. Dominique war bald benachrichtigt; Beide verließen gleich darauf ihre Wohnung und suchten den Haushofmeister auf, der, bereits im Sattel, sie vor der geöffneten Pforte der Hacienda erwartete.

»Hier sind wir,« sagte der Graf.

»Brechen wir auf,« erwiderte lakonisch Leo Carral.

Sie schwangen sich auf ihre Pferde und verließen schweigend die Hacienda.

Hinter ihnen wurde das Thor leise wieder geschlossen.

Sie stürmten die in die Ebene führende Rampe im Galopp hinab.

»He!« meinte der Graf nach einigen Augenblicken, »was bedeutet das, reiten wir auf Gespensterpferden, daß sie beim Gehen kein Geräusch hervorbringen?«

»Sprecht leiser, Herr Graf,« antwortete der Haushofmeister, »wir sind wahrscheinlich von Spionen umgeben? was Euch so sehr überrascht, ist nur eine einfache Vorsichtsmaßregel, die Hufe Eurer Pferde stecken in mit Sand gefüllten Säckchen von Bockleder.«

»Teufel!« erwiderte Ludovic, »es scheint, daß wir eine geheimnißvolle Expedition unternehmen.«

»Ja, Herr, eine geheime und vor allen Dingen sehr wichtige.«

»Was giebt es denn?«

»Ich mißtraue dem Don Melchior.«

»Aber bedenkt doch, mein Freund, daß Don Melchior der Sohn Don Andrès' ist, sein Erbe.«

»Ja, aber wie man hier sagt, war seine Mutter eine Indianerin, Namens Zapotèque, in welche sich mein Gebieter, ich weiß nicht warum, verliebte, denn sie war weder schön, noch gut, noch klug; kurz, aus dieser Liaison entsprang ein Kind, und dieses Kind ist Don Melchior. Die Mutter starb im Wochenbett, nachdem sie Don Andrès gebeten, das arme Geschöpf nicht zu verlassen, mein Herr versprach es, erkannte das Kind an und erzog es, als wäre es legitim gewesen, und einige Jahre später willigte seine Frau ein, das Kind zu sich zu nehmen. Er wurde also ganz wie ein wirklich legitimer

Sohn erzogen, um so mehr als Donna Lucia de-la-Cruz starb und ihrem Gemahl nur eine Tochter hinterließ.«

»Ah! ah!« meinte der Graf, »jetzt beginnt mir die Wahrheit klar zu werden.«

»So ging Alles mehre Jahre hindurch ganz gut, von seinem Vater sehr gut behandelt, gelangte Don Melchior allmählich zu der Ueberzeugung, daß nach dem Tode Don Andrès' ihm das väterliche Vermögen zufallen würde; aber vor ungefähr einem Jahre erhielt mein Herr einen Brief, in Folge dessen er eine lange und ernste Unterredung mit seinem Sohne hatte.«

»Ja, ja, dieser Brief erinnerte ihn an die zwischen meiner und seiner Familie getroffenen Heirathspläne und an meine baldige Ankunft.«

»Wahrscheinlich, Herr; aber es verlautete nichts von dem, was zwischen Vater und Sohn vorgefallen war, nur bemerkte man, daß Don Melchior, der schon keinen heitern Character hat, von dieser Zeit finster und mürrisch wurde, die Einsamkeit suchte und nur dann mit seinem Vater sprach, wenn ihn die Umstände dazu zwangen; er, der sonst nur kurze und seltene Ausflüge gemacht hatte, begann einen unbändigen Geschmack an der Jagd zu finden, so daß er sich oft mehre Tage lang den Streifereien überließ. Eure plötzliche Ankunft in der Hacienda, wo er Euch niemals zu sehen erwartete, erhöhte in erschreckendem Maaße seine übele Laune, und ich bin überzeugt, daß er, in Verzweiflung darüber, die so lange Zeit begehrte Erbschaft unwiederbringlich verloren zu sehen, vor Nichts, selbst nicht vor einem Verbrechen zurückschrecken würde, um sich ihrer zu bemächtigen. Dies, Herr Graf, halte ich für meine Pflicht, Euch mitzutheilen; Gott weiß, daß, wenn ich gesprochen habe, es nur in guter Absicht geschah.«

»Jetzt ist mir Alles erklärlich, No Leo Carral, ich bin, wie Ihr überzeugt, daß Don Melchior auf einen schändlichen Verrath gegen den Mann sinnt, dem er Alles verdankt und der sein Vater ist.«

»Wohlan,« sagte Dominique, »wollt Ihr meine Meinung wissen? Wenn die Gelegenheit sich dazu bietet, würde es ein gutes Werk sein, ihm eine Kugel in sein boshaftes Gehirn zu jagen; die Welt wird auf diese Weise von einem schrecklichen Bösewicht befreit sein.«

»Amen!« sagte lachend der Graf.

In diesem Augenblick erreichten sie die Ebene.

»Hier, Herr Graf,« begann der Haushofmeister, »wo für uns die Schwierigkeiten unseres Unternehmens beginnen, müssen wir mit der größten Vorsicht handeln, und hauptsächlich vermeiden, unsere Gegenwart den unsichtbaren Spionen zu verrathen, mit denen wir ohne Zweifel umgeben sind.«

»Fürchtet nichts, wir werden stumm sein wie die Fische; geht unbesorgt voran, wir werden nach der Sitte der Indianer auf dem Kriegspfade, in Eure Fußtapfen treten.«

Der Haushofmeister setzte sich an die Spitze und sie begannen ziemlich rasch in den sich in einander schlingenden Wegen vorzudringen, die für jeden Andern, als Leo Carral ein verwirrendes Netz gebildet haben würden.

Wie wir weiter Oben gesagt haben, war es eine Nacht ohne Mondschein, der Himmel rabenschwarz. Eine tiefe, nur durch das zeitweilige kreischende Geschrei der Nachtvögel unterbrochene Stille lag über dem Lande.

Sie setzten wohl eine halbe Stunde schweigend ihren Weg fort, endlich machte der Haushofmeister Halt.

»Wir sind an Ort und Stelle,« sagte er mit leiser Stimme, »steigt ab, hier sind wir in Sicherheit.«

»Glaubt Ihr?« sagte Dominique; »ich glaube während unsers Rittes das Geschrei von Nachtvögeln gehört zu haben, das zu gut nachgeahmt schien, als daß es natürlich sein könnte.«

»Ihr habt Recht,« versetzte Leo Carral; »es sind die feindlichen Schildwachen, welche sich benachrichtigen, wir sind gewittert worden, aber Dank der finsteren Nacht und meiner Kenntniß der Wege, haben wir, einstweilen wenigstens, Diejenigen ausgespürt, die sich zu unserer Verfolgung aufgemacht haben, uns aber in einer andern Richtung suchen werden, als wo wir sind.«

»So glaube ich auch gehört zu haben,« antwortete Dominique.

Der Graf horchte begierig auf diese Unterredung, aber vergeblich; denn was die beiden Männer sagten, war ihm vollkommen unverständlich. Zum ersten Mal in seinem Leben brachte ihn der Zufall in eine so seltsame Lage, und daher fehlte ihm die Erfahrung vollständig. Er war weit entfernt, zu vermuthen, daß er alle Vorposten eines feindlichen Lagers durchkreuzt hatte, in Schußweite bei den zur Rechten und Linken im Hinterhalt liegenden Schildwachen vorüber gekommen und durch ein Wunder vielleicht zwanzig Mal dem Tode entgangen war.

»Sennores,« sagte Leo Carral darauf, »befreit die Hufe Eurer Pferde von den Säckchen, die sie nicht mehr bedürfen, während ich eine Fackel anzünden werde.«

Die jungen Leute gehorchten, sie erkannten schweigend den Haushofmeister als Leiter der Expedition an.

»Nun, ist es gethan?« fragte nach einer Weile der Haushofmeister.

»Ja,« antwortete der Graf, »aber wir sehen nicht das Geringste, zündet Ihr denn nicht Eure Fackel an?«

»Sie ist angezündet, aber es wäre zu unvorsichtig, das Licht hier zu zeigen; folgt mir und leitet Eure Pferde am Zügel.«

Er ging wieder voran, um sie zu führen, und so drangen sie von Neuem, diesmal aber zu Fuß vor.

Bald leuchtete ein heller Schein vor ihnen, welcher die Gegenstände, die sie umgaben, erkennen ließ.

Sie befanden sich in einer natürlichen Grotte, dieselbe führte in die Tiefe in einen ziemlich gekrümmten Gang, so daß der Schein der Fackel von außen nicht bemerkt werden konnte.

»Zum Teufel, wo sind wir hier?« fragte der Graf überrascht.

»Ihr seht es, Herr Graf, in einer Grotte.«

»Sehr wohl, aber Ihr hattet einen Grund, uns hierher zu führen.«

»Gewiß, hatte ich einen, Herr, und dieser Grund ist folgender: diese Grotte steht durch einen ziemlich langen, unterirdischen Gang mit der Hacienda in Verbindung; dieser Gang hat mehre Auswege auf das Feld und zwei, die in die Hacienda münden. Von den beiden Ausgängen, die in die Hacienda führen, ist der eine nur mir bekannt und den andern habe ich heut versperrt; da ich jedoch befürchtete, daß Don Melchior auf seinen Ausflügen diese Grotte entdeckt haben könnte, so wollte ich sie heut Nacht besuchen, um sie innerlich fest zu vermauern, damit wir nicht überrascht werden.«

»Sehr vernünftig No, Leo Carral; an Steinen ist kein Mangel, also wollen wir uns an's Werk machen, wenn Ihr es wünscht.«

»Einen Augenblick noch, Herr Graf, überzeugen wir uns erst, daß Niemand vor uns hereingekommen ist.«

»Hm! das scheint mir ziemlich schwierig.«

»Glaubt Ihr,« antwortete er in leicht ironischem Tone.

Er nahm die Fackel, welche er in einem Winkel im Boden festgemacht hatte und neigte sich zur Erde nieder; aber gleich darauf richtete er sich wieder auf, indem er einen Schrei des Zorns und der Wuth ausstieß.

»Was habt Ihr?« riefen die beiden jungen Leute angstvoll aus.«

»Seht,« sagte er, indem er auf den Boden wies.

Der Graf blickte hin.

»Wir sind überlistet worden,« sprach er nach einer Weile, »es ist zu spät.«

»Aber, in des Himmel Namen, erklärt Euch! Ich verstehe Euch nicht,« rief der Graf.

»Siehst Du nicht, mein Freund,« erwiderte Dominique, »wie der Sand aufgewühlt ist? Bemerkst Du die Fußstapfen, die nach allen Richtungen gehen?«

»Nun?«

»Nun, mein armer Freund, diese Einbrüche sind von Männern hervorgebracht, welche Don Melchior wahrscheinlich hierher geführt hat, und welche diesen Weg genommen haben, um sich in die Hacienda einzuführen, wo sie vielleicht schon sind.«

»Nein,« versetzte der Haushofmeister, »die Spuren sind ganz frisch; sie können nur wenige Minuten vor uns hierein getreten. Der Vorsprung, den sie vor uns voraus haben ist nichts, denn am Ende des Ganges angekommen, müssen sie erst die von mir errichtete Mauer zerstören, und sie ist fest, wir brauchen also den Muth noch nicht zu verlieren, vielleicht wird es Gott fügen, daß wir die Hacienda noch zur Zeit erreichen. Kommt, folgt mir, lasset Eure Pferde dort; Dank dem Himmel, der mir eingegeben hat, den zweiten Ausgang nicht zu versperren.«

Indem er hierauf die Fackel schwang, um die Flamme wieder zu beleben, stürzte der Haushofmeister, von den beiden jungen Leuten gefolgt, in einen Seitengang. Das Souterain stieg sanft bergan; der Weg, dem sie gefolgt waren, um in die Grotte zu gelangen, wand sich um den Hügel, auf welchem die Hacienda erbaut war, sie hätten auf diesem zahlreiche Umwege machen und mit der größten Behutsamkeit, also höchst langsam, vordringen müssen, aus Furcht überrascht zu werden, was ihnen einen bedeutenden Zeitverlust gekostet haben würde. Jetzt war es nicht so, sie liefen in gerader Linie vor sich hin, und legten so in weniger als einer Viertelstunde denselben Weg zurück, der zu Pferde durch das Feld beinahe eine Stunde erfordert hatte. Sie hatten den Garten erreicht.

Die Hacienda umgab die tiefste Stille.

»Weckt Eure Diener, während ich die Lärmglocke läuten werde,« sagte der Haushofmeister; »vielleicht werden wir die Hacienda retten!«

Er eilte zu der Glocke, deren kräftige Schwingungen bald alle Bewohner der Hacienda aus dem Schlafe geschreckt hatte. Halb bekleidet stürzten sie herbei, da sie nicht begriffen, was vorging.

»Zu den Waffen! zu den Waffen!« riefen ihnen der Graf und seine beiden Gefährten entgegen.

Mit wenigen Worten wurde Don Andrès von Allem unterrichtet, und während er seine Tochter in seinem Zimmer unter die Obhut treu ergebener Diener stellte, traf er so gut, wie es die Umstände erlaubten, seine Vorkehrungen zur Vertheidigung. Der Haushofmeister begab sich, von den beiden jungen Leuten und ihren Dienern gefolgt, in den Garten. Ludovic und Donna Dolores hatten nur wenige Worte ausgetauscht.

»Ich gehe zu meinem Vater,« hatte sie gesagt.

»Dort werde ich Euch wiederfinden.«

»Ich erwarte Euch, kein Anderer als Ihr wird sich mir nähern?«

»Das schwöre ich Euch.«

»Habt Dank.«

So hatten sie sich getrennt.

In dem Garten angekommen, hörten die fünf Männer deutlich die rasch aufeinander folgenden Schläge der Belagerer gegen die Mauer.

Sie legten sich in Schußweite von dem Ausgang hinter einem Dickicht von Büschen und Blumen in einen Hinterhalt.

»Aber diese Leute sind wohl Räuber,« rief der Graf, »daß sie auf diese Weise friedliche Leute zu berauben kommen?«

»Ei! freilich sind es Räuber,« antwortete Dominique lachend, »bald werdet Ihr sie bei der Arbeit sehen und nicht mehr daran zweifeln.«

»Dann, Achtung!« sagte der Graf, »und empfangen wir sie, wie sie es verdienen.«

Indessen verdoppelten sich die Schläge in dem unterirdischen Gange; bald löste sich ein Stein, dann ein zweiter, ein dritter, und eine ziemlich große Bresche öffnete sich in der Mauer.

Die Guerilleros stürzten mit einem Freudengeheul, welches sich aber sogleich in Wuthgeschrei verwandelte, vor.

Fünf gleichzeitig abgefeuerte Schüsse erschütterten gleich einem furchtbaren Donnerrollen die Luft.

VI.

Der Kampf.

Bei der schrecklichen Ladung, welche die Guerilleros empfangen hatten, waren sie mit Schrecken zurückgewichen. Von Denjenigen überrascht, die sie zu überrumpeln gedachten, zum Plündern, aber nicht zum Kampfe vorbereitet, war ihr erster Gedanke, die Flucht zu ergreifen, und so entstand eine unbeschreibliche Unordnung in ihren Reihen.

Die Vertheidiger der Hacienda, deren Zahl sich bedeutend vermehrt hatte, benutzten diese Stockung, um ihnen einen neuen Kugelregen zuzusenden.

Indessen mußte ein Entschluß gefaßt werden: entweder unter dem Feuer vordringen oder auf die ganze Expedition verzichten.

Der Besitzer des Hacienda war reich, das wußten die Guerilleros; seit langer Zeit schon wünschten sie sich dieser Reichthümer zu bemächtigen, die sie, ob mit Recht oder Unrecht, in der Hacienda verborgen glaubten; es that ihnen leid, auf diese so lange vorbereitete Expedition zu verzichten, von der sie sich so außerordentliche Resultate versprachen.

Inzwischen hagelten die Kugeln noch immer auf sie herab, ohne daß sie es wagten, die Bresche zu überschreiten. Ihre mehr als sie selbst bei dem Gelingen ihres Vorhabens interessirten Anführer machten jeder Zögerung ein Ende, indem sie sich entschlossen mit Hacken und Hammer bewaffneten, nicht allein um die Oeffnung größer zu machen, sondern vielmehr um die Mauer abzubrechen, denn sie sahen ein, daß es ihnen nur durch einen plötzlichen Einbruch gelingen konnte, das Hinderniß, welches ihnen die Vertheidiger der Hacienda entgegen setzten, zu überwinden.

Diese unterhielten tapfer das Feuer, aber ihre Schüsse waren größtentheils verloren, die Guerilleros arbeiteten geschützt und hüteten sich wohl, sich vor der Bresche zu zeigen.

»Sie haben ihre Taktik geändert,« bemerkte der Graf zu Dominique; »sie wollen jetzt die Mauer umbrechen, bald werden sie den Kampf wieder beginnen, und,« setzte er hinzu, indem er einen betrübten Blick um sich warf, »wir werden besiegt werden, die Männer, welche uns unterstützen, sind nicht fähig, einem kräftigen Angriffe zu widerstehen.«

»Du hast Recht, Freund, die Lage ist ernst,« erwiderte der junge Mann.

»Was thun?« fragte der Haushofmeister.

»Ah! eine Idee!« rief plötzlich Dominique, indem er sich vor die Stirn schlug, »habt Ihr Pulver hier?«

»Ja, Gott sei Dank, daran fehlt es uns nicht, aber wozu soll es dienen?«

»Laßt so schnell als möglich ein Fäßchen herbringen, ich verantworte das Uebrige.«

»Nichts leichter als das.«

»So geht denn.«

Der Haushofmeister eilte davon.

»Was willst Du thun?« fragte ihn der Graf.

»Du wirst es sehen,« antwortete der junge Mann, dessen Blick funkelte; »wahrhaftig, das ist ein köstlicher Gedanke, der mir da gekommen ist. Diese Banditen werden sich wahrscheinlich der Hacienda bemächtigen, wir sind zu schwach, um ihnen zu widerstehen, es ist für sie nur noch eine Sache der Zeit, aber es soll ihnen theuer zu stehen kommen.«

»Ich begreife Dich nicht.«

»Ah!« fuhr der junge Mann in fieberhaftes Erregung fort, »sie wollen sich eine weite Passage machen, laß es gut sein, ich selbst werde ihnen Bahn brechen.«

In diesem Augenblick kam der Hauhofsmeister mit einem Handwagen zurück, auf welchem drei Fäßchen Pulver lagen, jedes derselben enthielt ungefähr hundert und zwanzig Pfund Pulver.

»Drei Fässer!« rief Dominique freudig aus; »um so besser, da werden wir jeder eins haben.«

»Aber was willst Du thun?«

»Ich will sie in die Luft sprengen,« rief er. »Allons, an's Werk, ahmet mir nach.«

Er nahm eins der Fässer und schlug den Boden ein; der Graf und Leo Carral thaten dasselbe.

»Jetzt zurück Ihr Anderen!« sagte er zu den über diese unheimlichen Vorbereitungen erschreckten Peonen, »aber stellt das Schießen nicht ein, um sie in der Unruhe zu erhalten.«

Die drei Männer blieben mit den beiden Dienern des Grafen, welche ihren Herrn nicht verlassen wollten, allein.

Mit wenigen Worten setzte Dominique seinen Gefährten seinen Plan aus einander.

Sie nahmen hierauf die Pulverfässer und hinter den Bäumen fortschleichend, näherten sie sich der Grotte.

Die im Innern der Höhle mit dem Umbrechen der Mauer beschäftigten Belagerer, die sich dem fortwährenden Feuer der Peonen vor der Bresche nicht aussetzen wollten, bemerkten nichts von Dem, was draußen vorging, es war daher für die fünf Männer leicht bis an den Fuß der Mauer zu dringen, ohne entdeckt zu werden.

Dominique stellte die drei Pulverfässer so, daß sie den Fuß der Mauer berührten, und auf dieselben häufte er, von seinen Gefährten unterstützt, sämmtliche Steine, die er finden konnte, dann nahm er sein Feuerzeug, zog den Docht heraus, von dem er ein höchstens zehn Centimeter langes Stück abschnitt, zündete ihn an, und pflanzte ihn in eins der Pulverfässer.

»Zurück! zurück!« rief er mit leiser Stimme, »die Mauer hält nicht mehr. Seht, sie neigt sich, in wenigen Augenblicken wird sie fallen.«

Und seinen Gefährten voran, entfernte er sich im raschesten Laufe.

Fast sämmtliche Vertheidiger der Hazienda, ungefähr vierzig an der Zahl, mit Don Andrès an der Spitze, waren am Eingang der Huerta versammelt.

»Warum lauft Ihr so eilig?« fragte er die jungen Leute, »kommen die Banditen?«

»Nein, nein,« antwortete Dominique, »noch nicht, aber Ihr werdet bald von ihnen hören.«

»Wo ist Donna Dolores,« fragte ihn der Graf.

»In meinem Zimmer mit ihren Frauen, vollkommen in Sicherheit.«

»Schießt doch, Ihr Andern,« rief Dominique den Peonen zu.

Diese begannen von Neuem ein höllisches Feuer.

»Raimbaut,« sagte der Graf mit leiser Stimme, »man muß Alles bedenken, nehmt Lanca Ibarrú mit Euch und sattelt fünf Pferde; das eine mit einem Damensattel, Ihr versteht mich, nicht wahr?«

»Ja, Herr Graf.«

»Diese Pferde führt Ihr an die Pforte, welche sich am Ende der Huerta befindet. Dort erwartet Ihr mich mit Ibarrú, Beide wohl bewaffnet; geht.«

Raimbaut entfernte sich sogleich, ebenso ruhig, als wenn nichts Außerordentliches um ihn in diesem Augenblicke vorging.

»Ah!« sagte mit einem Seufzer des Bedauerns Don Andrès, »wenn Melchior hier wäre, würde er uns sehr nützlich sein.«

»Er wird bald hier sein, seid außer Sorge, Sennor,« antwortete ironisch der Graf.

»Aber wo kann er sein?«

»Hm! wer weiß!«

»Ah! ah!« rief Dominique, »jetzt giebt es Etwas dort unten.«

In der That, die unter den wiederholten Schlägen der Guerilleros kräftig erschütterten Steine begannen nach außen zu fallen. Die Bresche erweiterte sich schnell, endlich löste sich ein Theil der Mauer in einem Stück los und stürzte in den Garten.

Die Guerilleros stießen einen Freudenschrei aus, warfen ihre Hacken fort, ergriffen ihre Waffen und schickten sich an, hinüber zu springen. Da vernahm man plötzlich einen Krach, die Erde erbebte wie durch einen vulkanischen Ausbruch, eine Rauchwolke stieg zum Himmel und massenweise flogen die durch die Explosion zerstreuten Trümmer nach allen Richtungen hin.

Ein einziger, furchtbarer Schrei ertönte durch den Raum, dann lag über dieser ganzen Scene eine Todesstille.

»Vorwärts! vorwärts!« rief Dominique.

Die durch die Mine verursachten Verwüstungen waren entsetzlich; der Eingang des unterirdischen Ganges, vollständig eingestürzt und durch Massen von Erde und aufgehäuften Steinen verstopft, hatte jede Passage unmöglich gemacht. Nur hier und da bemerkte man mitten unter den Trümmern entstellte Ueberreste, welche wenige Augenblicke vorher Menschen gewesen waren. Die Katastrophe mußte furchtbar gewesen sein, aber das Innere des unterirdischen Ganges hatte das Geheimniß bewahrt.

»Oh! Gott sei gelobt! wir sind gerettet,« rief Don Andrès.

»Ja, ja,« versetzte der Haushofmeister, »wenn sich nicht andere Belagerer auf einer andern Seite zeigen.«

Plötzlich, wie wenn der Zufall ihm Recht geben wollte, ließ sich ein furchtbares Geschrei mit einzeln Schüssen untermischt, vernehmen, und eine plötzliche Flamme stieg von der Hacienda auf, welche die Landschaft mit unheimlichem Scheine beleuchtete.

»Zu den Waffen! zu den Waffen!« riefen die in Verwirrung herbeistürzenden Peonen, »die Guerilleros! die Guerilleros!«

Und in der That, bald sah man in den röthlichen Reflexen der die Gebäude verschlingenden Feuersbrunst die schwarzen Silhouetten von mehr als hundert Männern, die, ihre Waffen schwingend, herbei eilten und ein wahres Wuthgeheul ausstießen.

Einige Schritte diesen Banditen voraus, bemerkte man einen Mann, mit einem Säbel in der einen, eine Fackel in der andern Hand haltend.

»Don Melchior!« rief der Greis verzweiflungsvoll.

»Ei, ich werde ihn zurückhalten« sagte Dominique, indem er auf ihn anlegte.

Don Andres warf sich auf die erhobene Waffe.

»Er ist mein Sohn!« sagte er.

»Hm! ich glaube, daß Ihr es bereuen werdet, ihm das Leben gerettet zu haben, Sennor,« antwortete Dominique kalt.

Don Andrès, von dem Grafen und Dominique fortgerissen, hatte sich in sein Zimmer geflüchtet, dessen Ausgänge die Peonen verbarrikadirten und durch das Fenster ein wohlgenährtes Feuer auf die Belagerer unterhielten.

Don Melchior war im Einverständniß mit den Parteigängern Juarez'. Wie der Haushofmeister dem Grafen ganz recht gesagt, hatte der junge Mann, aus Verzweiflung über die demnächstige Heirath seiner Schwester und den unvermeidlichen Verlust des Vermögens, dessen einziger Erbe zu sein er seit langer Zeit die Hoffnung hegte, kein Maß gehalten und unter gewissen, von Cuellar angenommenen Bedingungen diesem versprochen, ihm die Hacienda zu überliefern, und alle Vorbereitungen darnach getroffen.

Es war daher beschlossen worden, daß ein Theil der Cuadrilla unter dem Befehl entschlossener Officiere, einen Ueberfall durch den unterirdischen Gang, dessen Geheimniß der junge Mann verrathen hatte, versuchen sollte.

Gleichzeitig, während diese Truppe operiren würde, sollte die andere Hälfte der Cuadrilla unter der Leitung Cuellar's selbst und von Don Melchior geführt, schweigend die Mauern der Hacienda auf der Seite des Corrals erklettern, welche man zu schützen sehr wahrscheinlich vernachlässigen würde, um die Gebäude, die von hier aus ziemlich entfernt waren, zu vertheidigen.

Wir haben berichtet, welches der Erfolg dieses doppelten Angriffs war.

Cuellar hatte bei dieser Affaire, was er noch nicht wußte, die vorzüglichste Hälfte seiner Cuadrilla verloren, sie lag begraben unter den Trümmern des unterirdischen Ganges; mit dem, was ihm an Männern blieb, unterhielt er in diesem Augenblick einen erbitterten Kampf gegen die Peonen der Hacienda, die sich, da sie wußten, daß sie es mit der Bande Cuellar's, den wüthendsten und blutgierigsten Guerilleros Juarez' zu thun hatten, die keine Gnade gewährte, mit jener Energie der Verzweiflung schlugen, welche die Kräfte verzehnfacht.

Inzwischen wurde der Kampf fortgesetzt; die in den Zimmern verbarrikadirten Peonen hatten die Fenster mit Allem verschanzt, was ihnen in die Hände fiel, und schossen, auf diese Weise gedeckt, auf die im Hofe zerstreuten Belagerer, denen sie erhebliche Verluste beibrachten.

Cuellar war nicht allein wüthend über diesen unvermutheten Widerstand, sondern auch über die unbegreifliche Verspätung der Soldaten seiner Cuadrilla welche durch den unterirdischen Gang kommen und schon längst hätten zu ihm stoßen sollen.

Er hatte freilich das Geräusch der Explosion vernommen, aber da er in entgegengesetzter Richtung noch weit von der Hacienda entfernt war, so erreichte dasselbe nur dumpf und unbestimmt sein Ohr, und er dachte nicht weiter darüber nach; allein die unerklärliche Zögerung seiner Kameraden in diesem Augenblick, wo ihre Hülfe so nothwendig gewesen wäre, verursachte ihm lebhafte Unruhe. Eben war er im Begriff einige seiner Leute mit dem Auftrag auszusenden, die Ankunft der Verspäteten zu beeilen, als plötzlich Siegsgeschrei aus dem Innern des Gebäudes, welches sie angriffen, ertönte, und mehrere Guerilleros am Fenster erschienen, indem sie jubelnd ihre Waffen schwangen.

Dank Don Melchior war dieser entscheidende Erfolg erlangt worden. Während die Hauptabtheilung der Belagerer die Gebäude von vorn angriffen, hatte er sich von einigen entschlossenen Männern begleitet, in der Dunkelheit an ein niedriges Fenster geschlichen, welches man in der Verwirrung wie die andern zu verbarrikadiren vergessen hatte, war durch dasselbe in das Innere der Hacienda gelangt und hatte durch sein unvermuthetes Erscheinen, die Belagerten in Schrecken gesetzt, auf welche seine Begleiter mit Säbel und Pistolen bewaffnet, eindrangen.

Von jetzt an war es kein Kampf mehr zu nennen, sondern eine entsetzliche Schlächterei; trotz ihrer Bitten, wurden die Peonen von ihren Siegern niedergestoßen und durch die Fenster in den Hof gestürzt.

Die Guerilleros überschwemmten bald alle Gebäude der Hacienda, indem sie von Zimmer zu Zimmer die unglücklichen Peonen verfolgten und ohne Barmherzigkeit mordeten.

So erreichten sie einen großen Saal, dessen Flügelthüren weit geöffnet waren, aber dort angekommen, hielten sie nicht allein inne, sondern wichen mit einer instinctmäßigen Bewegung des Schreckens vor dem Schauspiel, welches sich ihren Blicken darbot, zurück.

Der Salon war prächtig erleuchtet durch viele Kerzen, die sich auf allen Candelabern und Meubeln befanden.

In einer Ecke des Saales war vermittelst über einander gehäufter Meubel eine Barrikade errichtet worden. Hinter diese Barrikade hatte sich Donna Dolores mit all' ihren Frauen und den Kindern der Peonen geflüchtet; zwei Schritt vor dieser Verschanzung standen vier Männer unbeweglich, eine Flinte in der einen, ein Pistol in der andern Hand. Diese vier Männer waren Don Andrès, der Graf, Dominique und Leo Carral; zwei offene Pulverfässer standen neben ihnen.

»Halt,« sagte der Graf mit spöttischer Stimme, »halt, ich bitte, Caballeros, einen Schritt weiter und wir sprengen uns Alle in die Luft. Ueberschreitet also nicht die Schwelle dieses Zimmers, wenn's beliebt.«

Die Guerilleros hüteten sich wohl, dieser höflichen Aufforderung nicht Folge zu leisten, denn sie hatten auf den ersten Blick erkannt, mit wem sie es zu thun hatten.

Don Melchior stampfte vor Wuth mit dem Fuße, als er sich so zur Ohnmacht gezwungen sah.

»Was wollt Ihr?« sagte er mit erstickter Stimme.

»Von Euch, nichts; wir sind Ehrenmänner und werden nicht mit einem Elenden Eurer Sorte unterhandeln.«

»Ihr werdet wie Hunde erschossen werden, verfluchte Franzosen.«

»Ich fordere Euch auf, Eure Drohung auszuführen,« antwortete der Graf, indem er kalt den Revolver, den er in der Hand hielt, auf das neben ihm stehende offene Pulverfaß richtete.

Die Guerilleros wichen zurück, indem sie ein Geschrei des Entsetzens ausstießen.

»Schießt nicht! schießt nicht!« riefen sie, »hier kommt der Colonel!«

In der That erschien Cuellar.

Cuellar ist ein furchtbarer Bandit; diese Behauptung wird Niemand überraschen; aber man muß ihm die Gerechtigkeit widerfahren lassen, daß er eine Tapferkeit ohne gleichen besitzt.

Er bahnte sich einen Weg durch seine Soldaten und stand bald allein den Uebrigen voran.

Er verneigte sich mit Anmuth vor den vier Männern und prüfte sie mit schlauer Miene, indem er nachlässig eine Cigarette zwischen seinen Fingern drehte.

»Aber!« sagte er heiter, »das ist in der That erfinderisch, ich mache Euch mein aufrichtiges Compliment, Caballeros. Diese Teufel von Franzosen haben, auf mein Ehrenwort, ganz unglaubliche Ideen,« setzte er, wie zu sich selbst redend, hinzu, »sie geben sich niemals eine Blöße, dies dort ist genug, um uns Alle in's Paradies zu schicken.«

»Und im äußersten Falle werden wir nicht weniger zögern, es zu thun, als wir Anstand genommen haben die Soldaten, welche Ihr durch die Grotte sandtet, in die Luft zu sprengen.«

»Wie?« sagte Cuellar erbleichend, »was sagt Ihr von meinen Soldaten?«

»Ich sage,« erwiderte der Graf kalt, »daß Ihr die Leichname derselben in dem unterirdischen Gange suchen lassen könnt; sie werden alle darin sein, denn sie sind alle geblieben.«

Ein Schreckensschauder durchlief bei diesen Worten die Reihen der Guerilleros.

Es trat eine tiefe Stille ein.

Cuellar überlegte.

Bald darauf erhob er den Kopf; jede Spur von Bewegung war auf seinem Gesicht verschwunden, er blickte um sich, als suchte er etwas.

»Wünscht Ihr Feuer?« fragte Dominique und ging mit einem Licht in der Hand auf ihn zu, »zündet doch Eure Cigarette an, Sennor.«

Und er reichte ihm höflich die Kerze.

»Habt Dank, Sennor,« erwiderte er.

Dominique kehrte wieder zu seinen Gefährten zurück.

»Ihr verlangt also eine Capitulation,« sagte Cuellar.

»Ihr irrt, Sennor,« gab ihm der Graf kalt zur Antwort, »wir bieten sie Euch im Gegentheil an.«

»Ihr bietet sie uns an?« meinte erstaunt der Guerillero.

»Ja, weil wir die Herren unseres Lebens sind.«

»Erlaubt,« versetzte Cuellar, »dies ist nur scheinbar der Fall, denn indem Ihr uns in die Luft sprengt, geschieht Euch dasselbe.«

»Ei! natürlich ist es so.«

Cuellar dachte nach.

»Laßt sehen,« sagte er nach einer Weile, »führen wir keinen Krieg mit Worten, kommen wir wie Männer zur Sache: Was wollt Ihr?«

»Ich werde es Euch sagen,« entgegnete der Graf.

VII.

Nach der Schlacht.

Cuellar rauchte gemächlich seine Cigarette; seine linke Hand ruhte auf seinem langen, auf den Boden gestützten Degen; es lag eine reizende Lässigkeit in der Art und Weise, wie er sich an der Thür des Salons aufrecht hielt, seine sanften Blicke umherschweifen und durch Mund und Nasenlöcher, mit der sinnlichen Begierde eines wahrhaft Genießenden, dichte, bläuliche Rauchwolken ausströmen ließ.

»Verzeiht, Sennores,« sagte er, »bevor wir weiter gehen, ist es nothwendig, uns zu verständigen, ich glaube Euch eine kleine Einwendung machen zu müssen.«

»Sprecht, Sennor,« erwiderte der Graf.

»Unterhandeln wir, das ist auch mein Wunsch; ich bin ein nachgiebiger Mann, wie Ihr seht, allein macht keine übermäßigen Forderungen, welche ich gezwungen sein würde Euch zu verweigern; denn ich brauche Euch nicht zu sagen, daß, wenn Ihr entschlossen seid, ich es nicht weniger bin, und wenn ich auch für Euch wie für mich einen vortheilhaften Vergleich wünsche, ich dennoch vorziehen würde, mich mit Euch in die Luft zu sprengen, als harten Anforderungen zu genügen, zumal ich glaube, daß ich früher oder später einmal so enden werde und demnach nicht böse sein würde, in so guter Gesellschaft zum Teufel zu gehen.«

Obwohl diese Worte mit lächelndem Munde gesprochen wurden, so täuschte sich der Graf doch nicht über den entschlossenen Ausdruck des Mannes, mit dem er es zu thun hatte.

»Oh! Sennor,« sagte er, »Ihr kennt uns schlecht, wenn Ihr voraussetzt, daß wir fähig wären, das Unmögliche zu verlangen, da indessen unsere Situation eine gute ist, so wollen wir daraus Nutzen ziehen.«

»Und ich stimme Euch durchaus bei, Caballero, aber da Ihr Franzose seid und Eure Landsleute Alles, auch das Gewagteste unternehmen, so habe ich es für meine Pflicht gehalten, Euch diesen Einwand zu machen.«

»Seid überzeugt, Sennor,« erwiderte der Graf, indem er dieselbe Ruhe, wie der Andere zeigte, »daß wir nur vernünftige Bedingungen fordern werden.«

»Fordern werdet!« wiederholte Cuellar, indem er einen besonderen Nachdruck auf diese beiden Worte legte.

»Meiner Treu, ja; wir werden Euch daher nicht verbindlich machen, uns die Hacienda wieder zu übergeben, denn wir wissen, daß wenn Ihr heute hinausginget, Ihr morgen den Angriff von Neuem beginnen würdet.«

»Ihr besitzt einen großen Scharfblick, Sennor; kommt jedoch zur Sache, ich bitte Euch.«

»Wohlan, Ihr werdet uns zuerst die armen Peonen, die dem Blutbad entgangen sind, ausliefern.«

»Darin sehe ich keine Schwierigkeit.«

»Mit ihren Waffen, ihren Pferden und das Wenige, was sie besitzen.«

»Ich gebe es zu, weiter.«

»Don Andrès de-la-Cruz, seiner Tochter, dem Haushofmeister Leo Carral, meinem Freund, mir und sämmtlichen in diesen Saal geflüchteten Frauen und Kinder soll freier Abzug, ohne jede Beunruhigung gewährt werden.«

Cuellar schnitt ein Gesicht.

»Ferner?« sagte er.

»Verzeihung, seid Ihr damit einverstanden?«

»Ja, und was außerdem?«

»Mein Freund und ich sind Fremde, Franzosen, Mexiko ist, soviel ich weiß, mit unserm Lande nicht in Krieg verwickelt.«

»Es könnte dahin kommen,« spottete Cuellar.

»Vielleicht, aber inzwischen sind wir in Frieden und haben ein Recht auf Euren Schutz.«

»Habt Ihr nicht gegen uns gekämpft?«

»Allerdings, aber es war eine rechtmäßige Vertheidigung; man griff uns an, folglich mußten wir uns vertheidigen.«

»Gut, gut, weiter.«

»Wir wünschen also, daß uns das Recht zugestanden werde, Alles, was uns gehört, mitnehmen zu können.«

»Ist dies Alles?«

»Beinahe, nehmt Ihr diese Bedingungen an?«

»Ja, ich nehme sie an.«

»Gut, so bleibt uns nur noch eine kleine Formalität zu erfüllen.«

»Eine Formalität! welche denn?«

»Die der Bürgen.«

»Wie Bürgen; habt Ihr nicht mein Wort?«

»Allerdings.«

»Was verlangt Ihr also noch mehr?«

»Ich habe es Euch gesagt, eine Bürgschaft. Ihr seht wohl ein, Sennor, daß ich das Leben meiner Gefährten und das meinige, ich werde nicht sagen Euch, denn ich habe Euer Wort, aber Euren Soldaten anvertrauen werde, welche, so tapfere Guerilleros sie auch sind, sich keinen Scrupel machen würden, so bald wir in ihre Hände fielen, ein Lösegeld für uns zu fordern und vielleicht noch Schlimmeres zu thun. Ihr befehligt keine regulären Truppen, Sennor, und so streng Eure Disciplin, in Eurer Cuadrilla sein mag, so bezweifle ich doch, daß dieselbe so weit geht, Eure Gefangenen zu respectiren, sobald Eure Gegenwart sie nicht schützt.«

Durch diese Worte des Grafen innerlich geschmeichelt, lächelte Cuellar anmuthig.

»Hm!« sagte er, »was Ihr da sagt, kann bis auf einen gewissen Punkt wahr sein. Kurz, welches sind die Bürgen, die Ihr verlangt, und wie viel sind deren?«

»Ein einziger, Sennor, Ihr seht, daß dies sehr wenig ist.«

»Sehr wenig, in der That, aber wer ist es?«

»Ihr selbst,« antwortete der Graf gerade heraus.

»Canarios!« lachte Cuellar spöttisch, »Ihr habt keinen schlechten Geschmack! Dieser Eine wird Euch in der That genügen.«

»Deshalb wollen wir auch keinen Anderen.«

»Das trifft sich sehr unglücklich.«

»Warum denn?«

»Weil ich es verweigere, Caraï! Und was würde mir als Sicherheit dienen, wenn's beliebt?«

»Das Wort eines französischen Edelmannes, Caballero,« antwortete der Graf stolz, »ein Wort, welches noch niemals gebrochen wurde.«

»Ei, ich nehme es an, Caballero,« erwiderte Cuellar mit jener ihm eigenen Gutmüthigkeit, nach welcher man geneigt ist, ihn für den besten Menschen von der Welt zu halten, »mag daraus werden, was da will; ich bin neugierig dieses Wort, auf welches die Europäer so stolz sind, ein Wenig auf die Probe zu stellen. Abgemacht also, ich diene Euch als Geißel; wie lange soll ich bei Euch bleiben? Es ist sehr wichtig für mich dies zu ordnen.«

»Wir verlangen nichts Anderes, als daß Ihr uns bis in die Nähe von Puebla führt; einmal dort, seid Ihr frei, ja, Ihr könnt sogar, wenn's Euch beliebt, eine Escorte mitnehmen, um Euren Rückzug zu sichern.«

»Nun, so ist Alles beschlossen, ich bin der Eurige, Caballero, Don Melchior, Ihr werdet während meiner Abwesenheit hier bleiben und darüber wachen, daß Alles in Ordnung bleibt.«

»Ja,« antwortete Don Melchior düster.

Nachdem der Graf dem Haushofmeister einige leise Worte zugeflüstert hatte, wandte er sich von Neuem an Cuellar.

»Sennor,« sagte er, »wollt Ihr so gütig sein und Befehl geben, daß die Peonen hier hergeführt werden; dann soll Leo Carral, während Ihr hier bleibt, alle Vorbereitungen zu unserer Abreise treffen.«

»Gut,« bemerkte Cuellar; »der Haushofmeister kann an seine Geschäfte gehen. Hört, Ihr Andern,« setzte er hinzu, indem er das Wort an die noch immer unbeweglichen Guerilleros richtete, »dieser Mann ist frei; man führe die Peonen hier her.«

Etwa fünfzehn arme Bursche, mit zerfetzten, blutbedeckten Kleidern, traten wie man überein gekommen war, bewaffnet, in den Saal; sie waren der ganze Ueberrest der Vertheidiger der Hacienda.

Darauf überschritt Cuellar die Schwelle des Gemaches und begab sich hinter die Barrikade.

Don Melchior, der wohl die falsche Stellung fühlte, in der er sich befand, als er sich allein den Belagerten gegenüber sah, wollte sich entfernen; aber Don Andrès erhob sich und ihn mit kräftiger, befehlender Stimme zurückrufend, sagte er:

»Halt, Melchior, so dürfen wir uns nicht trennen, jetzt, wo wir uns auf Erden niemals wiedersehen werden; eine letzte Erklärung ist zwischen uns unumgänglich nothwendig geworden.«

Don Melchior bebte bei dem Tone dieser Stimme, seine Stirn erbleichte, er machte eine Bewegung, als wollte er entfliehen, aber plötzlich blieb er stehen und seinen Kopf aufwerfend, sagte er:

»Was wollt Ihr von mir?« Sprecht, ich höre.«

Eine lange Zeit hafteten des Greises Augen auf seinem Sohn mit einem Ausdruck voll Liebe, Zorn und Verachtung, endlich, nach einer gewaltsamen Anstrengung über sich selbst nahm er das Wort.

»Warum wollt Ihr Euch entfernen?« sagte er zu ihm; »etwa weil Euch das Verbrechen, welches Ihr begangen habt, Entsetzen einflößt, oder fliehet Ihr mit der Wuth im Herzen, den Vatermord vereitelt und Euren Vater trotz Eurer Bemühung ihm das Leben zu rauben gerettet zu sehen? Gott hat das vollständige Gelingen Eurer düstern Pläne nicht gestattet; er straft mich wegen meiner Schwäche für Euch und für den Platz, den Ihr Euch in meinem Herzen angemaßt habt, ich muß einen Augenblick der Verirrung theuer bezahlen, aber dennoch ist endlich der Schleier, der meine Augen bedeckte, gefallen. Geht, Elender, traget das unauslöschliche Zeichen an Eurer Stirn, seid verflucht! und möge dieser Fluch, den ich über Euch ausspreche, ewig auf Eurem Herzen lasten! Geht, Vatermörder, ich kenne Euch nicht mehr!«

Trotz aller Kühnheit vermochte Don Melchior den unversöhnlichen Blick seines Vaters nicht zu ertragen; eine Leichenblässe bedeckte sein Gesicht, ein convulsivisches Zittern bewegte seine Glieder, sein Kopf beugte sich unter dem Gewichte dieses Fluches und er wich langsamen Schrittes, ohne sich umzuwenden, zurück, als folgte er einer höheren Gewalt, die seinen Willen beherrschte, und verschwand endlich unter den Guerilleros, die ihm in einer Bewegung des Entsetzens Platz machten.

Ein düsteres Schweigen herrschte im Saale, alle diese so wenig gefühlvollen Menschen unterlagen dennoch dem Einflüsse dieses schrecklichen Fluches, welchen ein Vater über einen schuldigen Sohn ausgesprochen.

Cuellar war der Erste, der seine Kaltblütigkeit wieder erlangte.

»Ihr habt nicht recht gethan,« sagte er kopfschüttelnd zu Don Andrès, »Eurem Sohn diesen empfindlichen Schimpf in Gegenwart Aller anzuthun.«

»Ja, ja,« versetzte der Greis traurig, »ich verstehe Euch, er wird sich rächen; was kümmert mich das; ist nicht mein Leben für immer gebrochen?«

Und den Kopf auf seine Brust neigend, versank der Greis in schmerzliches Nachdenken.

»Wachet über ihn,« sagte Cuellar zu dem Grafen, »ich kenne Don Melchior, er ist ein wahrhafter Indianer.«

Inzwischen hatte sich Donna Dolores, die bis zu diesem Augenblick furchtsam mitten unter ihren Frauen versteckt geblieben war, erhoben und einige Meubel bei Seite rückend, schlich sie leise zu Don Andrès und setzte sich neben ihn.

Dieser rührte sich nicht, er hatte sie nicht kommen hören.

Sie neigte sich zu ihm, nahm seine beiden Hände in die ihrigen, küßte ihn sanft auf die Stirn und sagte mit melodischer Stimme, deren innige Zärtlichkeit unmöglich zu beschreiben ist:

»Mein Vater, mein guter Vater, bleibt Euch denn nicht ein Kind, welches Euch liebt und ehrt? Laßt Euch nicht so durch den Schmerz niederdrücken; blicket mich an, mein Vater, ich bin Eure Tochter, liebt Ihr mich denn nicht, mich, die ich Euch so sehr liebe?«

Don Andrès erhob sein in Thränen gebadetes Gesicht und indem er seine Arme um das junge Mädchen schlang, rief er mit unaussprechlicher Zärtlichkeit:

»Oh! ich Undankbarer, ich zweifelte an der unendlichen Güte Gottes, meine Tochter bleibt mir ja! Ich bin nicht mehr allein auf der Welt, ich kann noch glücklich sein!«

»Ja, mein Vater, Gott hat Euch prüfen wollen, aber er wird Euch in Eurem Schmerz nicht verlassen; seid stark gegen das Unglück, überlaßt Euren undankbaren Sohn seiner Reue, nehmt den schrecklichen Fluch, den Ihr über ihn ausgesprochen habt, von ihm, laßt ihn zu Euren Füßen zurückkehren, ich bin gewiß, er ist nur verirrt, wie sollte er Euch nicht lieben, mein edler Vater, der Ihr stets so groß und gütig seid.«

»Sprich mir niemals wieder von Deinem Bruder, Kind,« antwortete der Greis mit wilder Energie, »dieser Mensch existirt für mich nicht; Du hast keinen Bruder, hast nie einen gehabt! Verzeih mir, daß ich Dich getäuscht habe, indem ich Dich glauben ließ, dieser Elende sei ein Glied unserer Familie; nein, dieses Ungeheuer ist nicht mein Sohn, man hat mich selbst betrogen, als man behauptete, dasselbe Blut fließe in seinen Adern wie in den meinigen.«

»Mein Vater, ich bitte Euch um des Himmels willen, beruhigt Euch.«

»Bleib', armes Kind,« begann er wieder, indem er sie in seine Arme preßte, »verlaß mich nicht, ich muß Dich hier neben mir fühlen, damit ich nicht glaube, allein auf der Welt zu sein und um die Kraft zu haben, meine Verzweiflung zu überwinden. Oh! sage mir noch einmal, daß Du mich liebst, Du weißt nicht, wie wohl diese Worte meinem Herzen thun und wie sehr sie meinen Schmerz erleichtern.«

»Die Guerilleros hatten sich indessen in alle Theile der Hacienda zerstreut, sie plünderten und verwüsteten Alles, zerbrachen die Meubel und öffneten mit einer Geschicklichkeit die Schlösser, welche eine lange Gewohnheit bewies, nur das Zimmer des Grafen wurde nach den gemachten Zugeständnissen respectirt. Raimbaut und Ibarru, durch Leo Carral von ihrem langen Schildwachstehen erlöst, waren in voller Thätigkeit, die Koffer und Felleisen des Grafen und Dominique's auf Maulesel zu laden. Die Guerilleros hatten ihnen einige Minuten mit schlauer Miene zugesehen, indem sie unter einander über die ungeschickte Art und Weise lachten, mit welcher die beiden Diener die Maulthiere beluden, dann hatten sie Raimbaut ihre Dienste angeboten, die dieser bereitwillig annahm. Da sah man denn dieselben Leute – die sich einen Augenblick vorher nicht den geringsten Scrupel gemacht haben würden, sich aller dieser Gegenstände, zu bemächtigen, die für sie von großem Werthe waren – auf das Eifrigste beschäftigt, dieselben sorgsam auf zu packen, ohne daß ihnen auch nur einmal der Gedanke gekommen wäre, sich den geringsten Gegenstand anzueignen.

Dank ihrer verständigen Mitwirkung, war das Gepäck der beiden jungen Leute in sehr kurzer Zeit auf drei Maulesel geladen; Leo Carral hatte nur noch die zur Reise nöthigen Pferde satteln zu lassen, was im Handumdrehen geschehen war, solche Eile und guten Willen zeigten die Guerilleros, die Pferde aus dem Corral zu holen und sie in den Hof zu führen.

Leo Carral trat darauf in den Salon und meldete, daß Alles zur Abreise bereit sei.

»Meine Herren,« sagte der Graf, »wir wollen aufbrechen, wenn's Ihnen beliebt.«

»Gehen wir denn.«

Sie verließen den Saal, von den Guerilleros umgeben, die ihnen mit gewaltigem Geschrei folgten, aber doch nicht wagten, ihnen zu nahe zu kommen, was jedenfalls der Respect vor ihrem Befehlshaber veranlaßte.

Als Diejenigen, welche die Hacienda verlassen sollten, zu Pferde saßen, ebenso wie die zehn, durch einen Unteroffizier befehligten Guerilleros, die ihrem Oberst bei der Rückkehr als Escorte dienen sollten, wandte sich dieser an seine Soldaten, indem er ihnen empfahl, während seiner Abwesenheit in Allem Don Melchior de-la-Cruz Folge zu leisten; darauf gab er das Zeichen zum Aufbruch. Mit den Frauen und Kindern inbegriffen, bestand die kleine Caravane aus beinahe sechszig Personen; dies war Alles, was von zweihundert Dienern der Hacienda übrig geblieben war.

Cuellar ritt an der Seite des Grafen dem Zuge voran; hinter ihnen befand sich Donna Dolores, zwischen ihrem Vater und Dominique; dann kamen die Peonen, welche unter Leitung Carral's und der beiden Diener des Grafen die beladenen Maulthiere führten; die Guerilleros bildeten die Nachhut.

Sie ritten in langsamem Schritt den Hügel hinab und befanden sich bald in der Ebene. Die Nacht war finster, es war gegen zwei Uhr Morgens, eine eisige Kälte ließ die betrübten Reisenden unter ihren Zarapen vor Frost zittern.

Sie schlugen die Straße nach Puebla ein, welche sie nach ungefähr zwanzig Minuten erreichten und folgten derselben in schnellerem Trabe.

Die Stadt war nur fünf bis sechs Meilen entfernt, sie hatten daher die Hoffnung, dieselbe mit Sonnenaufgang oder wenigstens in den ersten Morgenstunden zu erreichen.

Plötzlich färbte ein mächtiger Schein den Himmel dunkelroth und erleuchtete weithin das Land.

Es war die Hacienda, welche in Flammen stand.

Bei diesem Anblick warf Don Andrès einen traurigen Blick hinter sich und seufzte tief, aber er sprach kein Wort.

Nur Cuellar sprach; er versuchte dem Grafen zu beweisen, daß der Krieg schlimme Nothwendigkeiten habe, daß da Don Andrès seit langer Zeit als ein ergebener Anhänger Miramon's denuncirt, die Einnahme und Zerstörung der Hacienda nur eine Folge davon sei, Alles Bemerkungen, die zu beantworten der Graf, der das Unnütze einer Discussion mit einem solchen Manne einsah, sich nicht die Mühe gab.

So ritten sie seit ungefähr drei Stunden, ohne daß der geringste Unfall die Einförmigkeit ihrer Reise gestört hätte.

Der Tag brach an und bei dem ersten Schein der Morgenröthe bemerkte man die hohen Thürme Puebla's, deren schwarze Silhouetten sich noch unklar auf dem tiefblauen Himmel abhoben.

Der Graf ließ hier die Caravane Halt machen.

»Sennor,« wandte er sich darauf an Cuellar, »Ihr habt treu die zwischen uns festgesetzten Bedingungen erfüllt, empfangt hiermit meinen und meiner unglücklichen Freunde Dank; wir sind höchstens noch zwei Meilen von Puebla entfernt, der Tag ist angebrochen, es ist daher unnütz, daß Ihr uns noch weiter begleitet.«

»In der That, Sennor, ich glaube auch, daß Ihr jetzt meine Begleitung entbehren könnt, und da Ihr es mir erlaubt, so werde ich Euch verlassen, indem ich Euch über Das, was vorgefallen, mein Bedauern ausspreche; leider bin ich nicht Herr...«

»Brechen wir davon ab, ich bitte Euch,« unterbrach ihn der Graf; es ist jetzt wenigstens nicht mehr zu ändern, wir wollen also nicht weiter dabei verweilen.«

Cuellar verneigte sich.

»Ein Wort, Sennor Conde,« sagte er mit leiser Stimme.

Der junge Mann ritt an ihn heran.

»Bevor wir uns trennen,« sagte der Guerilleros, »laßt mich Euch einen Rath geben.«

»Ich höre, Sennor.«

»Ihr seid noch weit von Puebla entfernt, welches Ihr vor zwei Stunden nicht erreicht: seid auf Eurer Hut, überwacht sorgfältig das Land um Euch.«

»Was wollt Ihr damit sagen, Sennor.«

»Man weiß nicht, was geschehen kann; ich wiederhole Euch: seid wachsam.«

»Lebt wohl, Sennor,« antwortete mechanisch der junge Mann, indem er seinen Gruß erwiederte.

Nachdem er höflich von seinen Reisegefährten Abschied genommen hatte, setzte sich der Guerilleros an die Spitze seiner Soldaten und entfernte sich im Galopp, nicht ohne noch einmal dem jungen Manne durch eine bezeichnende Geberde Vorsicht anzuempfehlen.

Der Graf sah mit nachdenklicher Miene ihn davon sprengen.

»Was hast Du, Freund?« fragte ihn Dominique.

Ludovic berichtete ihm, was Cuellar ihm gesagt hatte.

Der Vaquero runzelte die Stirn.

»Da steckt Etwas dahinter,« sagte er; »auf jeden Fall ist der Rath gut und wir würden Unrecht thun, ihn zu vernachlässigen.«

VIII.

Der hinterlistige Streich

Einige Minuten nach der Entfernung des Guerillero's, setzte die traurige Caravane schweigend ihren Weg fort.

Indessen hatten die letzten Worte Cuellar's ihren Eindruck nicht verfehlt. Der Graf und der Vaquero fühlten sich wider Willen beunruhigt, und ohne ihre düstern Ahnungen mitzutheilen, ritten sie nur mit außerordentlicher Vorsicht vorwärts, und zitterten bei dem geringsten Geräusch, welches sich in den Gebüschen vernehmen ließ.

Es war etwas über fünf Uhr. Man hatte den Moment erreicht, wo Tag und Nacht fast mit gleicher Kraft zu kämpfen scheinen, sich in einander verschmelzen und jenes Licht erzeugen, dessen dunstartige Färbung den Gegenständen etwas Unbestimmtes, Nebelartiges geben, welches ihnen etwas Phantastisches verleiht. Ein grauer Dunst stieg von der Erde zum Himmel auf und erzeugte einen durchsichtigen Nebel, den die immer stärker werdenden Strahlen der Sonne stellenweiß zerrissen, einen Theil der Landschaft mit ihrem Licht überflutheten, während der andere im Schatten blieb; mit einem Wort, es war nicht mehr Nacht und doch auch nicht vollständig Tag.

In der Ferne erblickte man die zahlreichen Thürme der Gebäude Puebla's, die sich noch in unbestimmten Formen an dem tiefblauen Himmel abhoben; die von dem reichlichen Nachtthau übergossenen Bäume erschienen frischer, auf jedem ihrer Blätter zitterte ein Crystalltropfen und ihre durch den Morgenwind bewegten Zweige rauschten mit geheimnißvollem Flüstern. Schon begannen die Vögel unter den Blättern ihren fröhlichen Gesang anzustimmen und hier und da erhoben die wilden Ochsen ihre Köpfe über die hohen Gräser und ließen ihr dumpfes Brüllen hören.

Die Flüchtlinge folgten einem krummen Pfad, der zu beiden Seiten durch künstliche Erderhöhungen, die zum Anbau von *Agaven* dienten, ziemlich eingeengt war, den Horizont ringsum außerordentlich beschränkte und verhinderte die Umgegend so, wie die Sicherheit der Caravane erheischte.

Der Graf näherte sich Dominique, und flüsterte ihm mit leiser Stimme zu:

»Mein Freund, ich weiß nicht warum, aber ich bin außerordentlich beunruhigt; der Abschied dieses Banditen hat mich sehr besorgt gemacht, er scheint uns ein nahes, furchtbares und unvermeidliches Unglück zu verkünden, indessen sind wir nur noch in geringer Entfernung von der Stadt, und die Ruhe, welche um uns herrscht, sollte uns beruhigen.«

»Eben diese Ruhe ist es,« erwiderte in demselben leisen Tone der junge Mann, »die mich mit unbeschreiblicher Angst erfüllt; auch ich habe die Ahnung eines Unglücks, wir sind hier in ein Wespennest gerathen, denn der Ort kann nicht besser zu einem Hinterhalt gewählt sein.«

»Was ist da zu thun?« flüsterte der Graf.

»Ich weiß es nicht, der Fall ist schwierig, indessen habe ich die Ueberzeugung, daß wir unsere Vorsicht verdoppeln müssen. Weise Don Andrès und seiner Tochter einen Platz im Vortrab an, und benachrichtige die Peonen sich bei dem geringsten Lärm zur Vertheidigung bereit zu halten, inzwischen werde ich auf Entdeckungen ausgehen, und wenn der Feind uns verfolgt, werde ich ihm auf die Spur kommen, aber wir dürfen keinen Augenblick verlieren.«

So sprechend, war der Vaquero abgestiegen, und nachdem er einem Peonen die Zügel seines Pferdes zugeworfen hatte, erkletterte er, seine Flinte unter dem linken Arm, den Abhang zur Rechten, und war fast gleich darauf in den den Pfad begrenzenden Gebüschen verschwunden.

Allein geblieben, brachte der Graf sofort die Rathschläge seines Freundes in Ausführung; dem zufolge bildete er aus den entschlossensten und am Besten bewaffneten Peonen eine Nachhut, denen er die Ordre ertheilte, aufmerksam die Zugänge des Weges zu überwachen, obgleich er ihnen, aus Furcht, sie zu erschrecken, die ernsten Ereignisse, denen er entgegen sah, verbarg.

Gleichsam als hätte der Haushofmeister die Besorgnisse des Grafen errathen und seine Vermuthung eines kommenden Angriffs getheilt, wußte er Don Andrès und seine Tochter in die Mitte seiner ergebenen Diener zu bringen und indem er die Pferde zu rascherem

Trabe anspornte, hatte er zwischen sich und der Hauptcaravane einen Raum von hundert Schritt gelassen.

Von den schrecklichen Aufregungen der Nacht erschöpft, schenkte Donna Dolores den durch ihre Freunde getroffenen Vorsichtsmaßregeln nur geringe Aufmerksamkeit und folgte mechanisch dem neuen Impuls, der ihr gegeben worden war, ohne aller Wahrscheinlichkeit nach der neuen Gefahr, die ihr drohte, bewußt zu werden, und nur an die Ueberwachung ihres Vaters denkend, dessen Zustand immer beunruhigender wurde.

In der That hatte Don Andrès seit der Abreise aus der Hacienda, ungeachtet der Bitten seiner Tochter, kein Wort gesprochen. Seine Stirn war bleich, sein Blick starr, sein Kopf auf die Brust geneigt, ein fortwährendes nervöses Zittern bewegte seinen Körper. In die tiefste Verzweiflung versunken, ließ er sein Pferd gehen, wohin es wollte, so sehr hatte der Schmerz alle Energie und jede Willenskraft in ihm gebrochen.

Der seinem Herrn und seiner jungen Gebieterin treu ergebene Leo Carral hatte den Don Andrès zur Escorte dienenden Leuten anempfohlen, ihn nicht aus den Augen zu lassen, da er wohl voraus sah, daß der Greis in dem wahrscheinlichen Fall eines Angriffs unfähig sein würde, den geringsten Widerstand zu leisten. Ferner hatte er den Dienern die Ordre ertheilt, Don Andrès im Augenblick des Kampfes aus dem Gewühl zu bringen, ihn so viel als möglich vor der Gefahr zu schützen, und war dann, auf einen Wink des Grafen, zu diesem zurückgekehrt.

»Ihr habt, wie ich sehe, eben so wie ich, das Vorgefühl einer Gefahr,« sagte der Graf.

Der Haushofmeister schüttelte den Kopf.

»Don Melchior wird die Sache nicht eher aufgeben,« antwortete er, »als bis sie für ihn definitiv gewonnen oder verloren ist.«

»Haltet Ihr ihn denn eines so abscheulichen, hinterlistigen Streiches fähig?«

»Dieser Mann ist zu Allem fähig!«

»Aber dann ist er ein Ungeheuer.«

»Nein,« erwiderte der Haushofmeister sanft, »er ist ein gemischtes Blut, ein Neider und ein Stolzer, der recht gut weiß, daß das Vermögen allein ihm das scheinbare Ansehen erhalten kann, nach dem ihm gelüstet; alle Mittel werden ihm gut sein, um dies zu erreichen.«

»Selbst ein Vatermord?«

»Selbst ein Vatermord!«

»Eure Worte sind furchtbar.«

»Was wollt Ihr, Sennor? es ist so.«

»Wollte Gott, wir wären erst in Puebla; einmal in der Stadt, werden wir nichts mehr zu befürchten haben.«

»Ja, aber wir sind noch nicht dort; Ihr kennt das Sprichwort eben so gut wie ich, Herr.«

»Welches Sprichwort?«

»Vom Becher bis zum Munde ist noch ein weiter Raum zum Unglück.«

»Ich hoffe, daß Ihr Euch diesmal irrt.«

»Ich wünsche es, aber Ihr hattet mich zu Euch gerufen, Herr.«

»In der That, ich hatte Euch eine Ordre zu geben.«

»Ich höre.«

»Im Fall, daß wir angegriffen würden, verlange ich, daß Ihr uns unsern eigenen Kräften überlaßt und Euch mit Don Andrès und seiner Tochter spornstreichs nach Puebla rettet, während wir den Kampf fortsetzen. Vielleicht werdet Ihr so viel Zeit haben, sie hinter den Mauern der Stadt in Sicherheit zu bringen.«

»Ich werde Euch gehorchen, Herr Graf, man soll nur über meinen Leichnam zu meinem Gebieter gelangen. Habt Ihr mir noch weitere Befehle zu geben?«

»Nein, kehrt auf Euren Posten zurück und vertrauen wir auf Gott!«

Der Haushofmeister grüßte und hatte bald im Galopp die kleine Truppe wieder erreicht, in deren Mitte Don Andrès und seine Tochter ritten.

Fast in demselben Augenblick erschien Dominique am Rande des Weges, schwang sich auf sein Pferd und nahm wieder seinen Platz zur Rechten des Grafen ein.

»Nun?« fragte dieser, »hast Du etwas entdeckt?«

»Ja und nein?« antwortete er mit leiser Stimme.

Sein Gesicht war finster, seine Augenbrauen zusammengezogen; der Graf betrachtete ihn eine Weile prüfend und fühlte seine Unruhe sich verdoppeln.

»Erkläre Dich,« sagte er endlich.

»Wozu, Du würdest mich nicht verstehen.«

»Vielleicht! Sprich nur immer.«

»So höre: zur Rechten und Linken und hinter uns ist die Ebene vollständig öde; diese Gewißheit habe ich erlangt. Die Gefahr, wenn sie wirklich existirt, ist also nicht von dieser Seite zu fürchten; wenn uns eine Falle gestellt ist, der Feind sich in einen Hinterhalt gelegt hat, so befindet er sich vor uns, zwischen hier und der Stadt.

»Was läßt Dich das vermuthen?«

»Für mich ganz untrügliche Anzeichen, welche meine lange Gewohnheit des Lebens in der Wildniß mich sofort erkennen läßt. In den Regionen, in denen wir uns befinden, vernachlässigen die Menschen gewöhnlich alle jene in den Prairien gebräuchlichen Vorsichtsmaßregeln, von denen das Vergessen einer einzigen den unmittelbaren Tod des unvorsichtigen Jägers oder Kriegers, der auf diese Weise seine Gegenwart seinen Feinden verriethe, nach sich ziehen würde. Hier sind die Spuren leicht zu erkennen und noch leichter zu verfolgen, denn sie sind selbst für das ungeübteste Auge vollkommen sichtbar. Vernimm Folgendes: Von Arenal aus sind wir von einer zahlreichen Reitertruppe, ich will nicht sagen verfolgt, – dieser Ausdruck würde unter diesen Umständen nicht richtig sein, – aber zur Rechten, in Schußweite höchstens, begleitet worden. Diese Truppe, welche sie auch sei, hat eine halbe Meile von hier eine Wendung gemacht, und zwar etwas nach Links, als wollte sie sich uns nähern; dann hat sie ihre Schnelligkeit verdoppelt, ist uns vorausgeeilt und hat sich vor uns auf diesem Wege aufgestellt, so daß wir ihr in diesem Augenblick folgen.«

»Und was folgerst Du daraus.«

»Ich schließe daraus, daß die Lage ernst, selbst kritisch ist, welche Vorsichtsmaßregeln wir auch treffen, so fürchte ich doch, daß wir es mit einer zu starken Partei zu thun haben werden. Bemerkst Du, wie der Pfad allmählich sich verengt, wie die Abhänge des Weges steiler werden, wir befinden uns jetzt in einer Schlucht, in einer Viertelstunde, höchstens in zwanzig Minuten erreichen wir den Ort, wo der Hohlweg in die Ebene mündet; dort, erwarten uns sicherlich Diejenigen, welche uns auflauern.«

»Mein Freund, das ist nur zu klar; leider haben wir kein Mittel, uns dem Schicksal, welches uns droht, zu entziehen, wir müssen vorwärts.«

»Ich weiß es wohl und das betrübt mich eben;« sagte der Vaquero mit einem erstickten Seufzer, indem er verstohlen einen Blick auf Donna Dolores warf; »wenn es sich nur um uns handelte, wäre die Frage bald beendet, wir sind Männer und wissen unser Leben zu vertheidigen, aber würde unser Tod diesen Greis und dieses arme unschuldige Kind retten?«

»Wenigstens wollen wir das Unmögliche versuchen, daß sie nicht in die Hände ihrer Verfolger fallen.«

»Sieh, wie wir uns der verdächtigen Stelle nähern; eilen wir, um bei jeder Eventualität bereit zu sein!«

Sie setzten ihre Pferde in Galopp.

Einige Minuten verflossen, endlich erreichten sie eine Stelle, wo der Pfad, bevor er in die Ebene auslief, eine schroffe Wendung machte.

»Aufgepaßt!« sagte der Graf mit leiser Stimme. Die Biegung war überschritten, aber plötzlich machte die ganze Cavalcade vor Ueberraschung und Bestürzung Halt.«

Der Eingang der Schlucht war durch eine starke Barrikade aus Zweigen, Bäumen und Steinen versperrt, hinter derselben standen zwanzig drohende Männer. Bei dem Scheine der aufgehenden Sonne bemerkte man noch andere Bewaffnete, die zur Rechten und Linken die Abhänge besetzt hatten.

Ein mitten auf dem Wege stolz haltender Reiter, befand sich einige Schritte vor der Barrikade.

Dieser Reiter war Don Melchior.

»Ah! ah!« sagte er mit ironischem Lachen, »jeder wenn die Reihe an ihn kommt, Caballeros, ich glaube, daß ich in diesem Augenblick Herr der Situation und in dem Fall bin, Bedingungen aufzuerlegen.«

Ohne außer Fassung zu gerathen, näherte sich ihm der Graf einige Schritte.

»Nehmt Euch in Acht in Dem, was Ihr thun wollt, Sennor,« antwortete er, »zwischen Eurem Befehlshaber und uns ist ein loyaler Vertrag geschlossen worden, jede Ueberschreitung desselben, würde ein Verrath sein und die Schande auf Euren Chef zurückfallen.«

»Gut,« versetzte Don Melchior, »wir Andern sind Parteigänger und führen Krieg auf unsre Weise, ohne uns darüber zu sorgen, was man von uns denken könnte, anstatt daher eine müssige Discussion zu führen, die doch kein günstiges Resultat für Euch haben würde, wäre es vernünftiger, Euch über die Bedingungen zu unterrichten, nach denen ich Euch freien Abzug bewilligen würde.«

»Bedingungen? Wir werden keine annehmen, Caballero, und wenn Ihr uns die Passage nicht gestattet, so können wir Euch zwingen, es zu thun, so ernst auch die Folgen eines Kampfes für Euch und für uns sein mögen.«

»Versucht es,« antwortete er mit spöttischem Lachen.

»Das werden wir thun.«

Don Melchior zuckte die Achseln und rief seinen Leuten zu:

»Feuer!«

Da krachten die Schüsse, und die Kugeln trafen von allen Seiten auf die kleine Truppe.

»Vorwärts! vorwärts!« rief der Graf.

Die Peonen stürzten mit Wuthgeschrei gegen die Barrikade.

Ein furchtbarer Kampf hatte begonnen, furchtbar, weil die Peonen wußten, daß sie keine Gnade von ihren wilden Gegnern zu erwarten hatten; sie kämpften daher, Wunder von Tapferkeit vollbringend, nicht um zu siegen, – denn sie hielten es für unmöglich – sondern um nicht ungerächt zu fallen.

Don Andrès hatte sich aus den Armen seiner Tochter gerissen, die ihn vergeblich zurück zu halten suchte, und nur mit seiner Machete bewaffnet, sich entschlossen in das dichteste Gewühl geworfen.

Der Ausfall der Peonen war so heftig gewesen, daß die Barrikade gleich anfangs überschritten wurde und die beiden Parteien, schon zu nahe um sich ihrer Pistolen und Flinten zu bedienen, mit der blanken Waffe auf einander eindrangen.

Die auf den Höhen befindlichen Parteigänger waren zur Unthätigkeit gezwungen, da sie bei der Vereinigung beider Truppen ihre Freunde zu verwunden fürchteten.

Don Melchior hatte durchaus nicht einen so kräftigen Widerstand erwartet; Dank der vortheilhaften Stellung, welche er gewählt, hatte er auf einen leichten Sieg und auf eine unmittelbare Unterwerfung gehofft. Dies Ereigniß durchkreuzte seine Berechnungen, die Folgen seiner Handlungsweise begannen ihm klar zu werden. Cuellar, welcher ohne Zweifel einen Verrath ohne Schwertstreich verziehen haben würde, würde es ihm doch niemals vergeben haben, ihm so dummer Weise seine tapfersten Soldaten tödten zu lassen.

Diese Gedanken verdoppelten Don Melchior's Wuth.

Die kleine decimirte Truppe zählte indessen nur noch wenige kampffähige Männer, die Anderen waren todt oder verwundet.

Don Andrès' Pferd war getödtet worden, dennoch fuhr der Greis, obgleich er aus zwei Wunden blutete, zu kämpfen fort.

Plötzlich stieß er einen verzweiflungsvollen Schrei aus; Don Melchior hatte sich mit dem Satze eines Tigers auf die Gruppe gestürzt, in deren Mitte sich Donna Dolores geflüchtet hatte. Alle Peonen, die ihm hindernd in den Weg traten, niederwerfend, hatte er das junge Mädchen ergriffen, dasselbe trotz seines Widerstandes über sein

Pferd gelegt und ohne sich weiter um den durch seine Gefährten unterhaltenen Kampf zu bekümmern, mit ihr die Flucht ergriffen.

Als letztere sich so verlassen sahen, verzichteten sie darauf, einen Kampf fortzusetzen, der für sie von nun an keinen Zweck hatte, und wahrscheinlich in Folge eines vorher gegebenen Befehls zerstreuten sie sich nach allen Richtungen, indem sie es den Peonen überließen, ungehindert ihren Weg nach Puebla fortzusetzen.

Die Entführung Donna Dolores' war von Don Melchior so schnell ausgeführt worden, daß Keiner dieselbe im ersten Augenblick bemerkt hatte, und nur erst der verzweiflungsvolle Schrei Don Andrès' lenkte die Aufmerksamkeit darauf hin.

Ohne an die Gefahr zu denken, der sie sich aufsetzten, sprengten der Graf und der Haushofmeister Don Melchior nach.

Aber der junge Mann, der einen ausgezeichneten Renner ritt, hatte vor ihren ermüdeten Pferden einen beträchtlichen Vorsprung, der sich mit jedem Augenblick erweiterte.

Dominique blickte auf den am Boden liegenden Don Andrès und richtete ihn sanft in die Höhe.

»Gebt die Hoffnung nicht auf, Sennor,« sagte er zu ihm, »ich werde Eure Tochter retten.«

Der Greis faltete die Hände, blickte mit dem Ausdruck unbeschreiblicher Dankbarkeit zu ihm auf und sank ohnmächtig zurück.

Der Vaquero bestieg sein Pferd wieder und demselben die Sporen in die Flanken drückend, sprengte er ebenfalls dem Räuber nach, während er Don Andrès den Händen seiner Diener überließ.

Dominique bedurfte nur eines Augenblicks, um die Gewißheit zu erlangen, daß Don Melchior, besser beritten wie er und seine Freunde, sich bald in zu großer Entfernung befinden würde, und daher eine weitere Verfolgung aufgegeben werden müßte.

Der junge Mann, der bis dahin seinen Weg in gerader Linie durch das Land fortgesetzt hatte, machte plötzlich eine so rasche Wendung, als sei er auf ein unvorhergesehenes Hinderniß gestoßen, und einige Minuten seine Richtung ändernd, schien er sich Denen nähern zu wollen, welche ihn verfolgten. Diese versuchten ihm den

Weg zu versperren; Dominique hielt sein Pferd an, sprang ab und ergriff seine Flinte.

Don Melchior mußte, nach der Richtung, der er in diesem Augenblick folgte, ungefähr in einer Entfernung von 10 Meter bei ihm vorüberkommen.

Der Vaquero bekreuzte sich, legte seine Waffe an und drückte los.

Das Pferd Don Melchior's, von einer Kugel in den Kopf getroffen, rollte auf den Boden und riß seinen Reiter mit herab.

In demselben Augenblick wurden in der Ferne einige dreißig Parteigänger sichtbar, die mit verhängten Zügeln nach dem Orte sprengten, wo der Ueberfall stattgefunden hatte.

Cuellar ritt an ihrer Spitze.

So sehr sich auch der Graf und der Haushofmeister beeilt hatten, den Ort, wo Don Melchior gefallen war, zu erreichen, so kam ihnen doch Cuellar zuvor.

Don Melchior erhob sich, von seinem Fall gequetscht, und neigte sich zu seiner Schwester nieder, um sie aufzurichten. Donna Dolores war ohnmächtig geworden.

» Vive Dios! Sennor,« sagte Cuellar in unzufriedenem Tone, »Ihr seid ein roher Gefährte; Ihr übt Verrath und Hinterlist mit seltenem Talent, aber der Teufel hol' mich früher, als er es thun wird, wenn wir noch länger zu einander halten.«

»Sennor,« versetzte Don Melchior, »Ihr scherzt zur unrechten Zeit; diese junge Dame, meine Schwester, ist ohnmächtig.«

Wessen Fehler ist es, wenn nicht der Eurige,« rief Cuellar wild, »wenn Ihr, nur um sie zu rauben, mir zwanzig der entschlossensten Männer meiner Cuadrilla tödten laßt? Aber dies soll nicht langer so fortgehen, das schwöre ich Euch.«

»Was meint Ihr?« fragte Don Melchior hochmüthig.

»Ich will sagen, daß Ihr mir das größte Vergnügen erzeigen würdet, künftig dahin zu gehen, wohin es Euch beliebt, vorausgesetzt, daß Ihr es Euch nicht einfallen laßt, mir Gesellschaft leisten zu wollen, und daß ich hoffe, von diesem Augenblicke an nichts mehr mit Euch zu thun zu haben. Dies ist klar gesprochen, nicht wahr?«

»Vollkommen, Sennor, auch werde ich Eure Geduld nicht länger mißbrauchen, liefert mir daher die nöthigen Pferde für mich und meine Schwester, und ich werde Euch sogleich verlassen.«

»Zum Henker, ob ich Euch Etwas liefere! Was diese junge Dame anbetrifft, so sehe ich hier mehre Reiter kommen, die, wie ich befürchte, Euch schwerlich gestatten werden, sie fort zu führen.«

Don Melchior erbleichte vor Wuth, aber er sah ein, daß jeder Widerstand von seiner Seite unmöglich war; er kreuzte die Arme über der Brust, richtete stolz den Kopf in die Hohe und wartete.

Der Graf, der Haushofmeister und Dominique sprengten in der That herbei.

Cuellar ritt ihnen einige Schritte entgegen; die jungen Leute waren ziemlich beunruhigt, sie wußten nicht, welche Absichten der Guerillero hatte und fürchteten, daß er sich gegen sie erklären könnte.

Aber Cuellar beeilte sich, sie aus ihrem Irrthum zu reißen.

»Ihr kommt zur rechten Zeit, Sennores;« sagte er freundlich zu ihnen; »ich hoffe, daß Ihr mir nicht die Beleidigung anthun werdet, zu vermuthen, ich hätte bei dem hinterlistigen Streiche, dessen Opfer Ihr geworden seid, meine Hand im Spiele gehabt.«

»Wir haben es nicht einen Augenblick geglaubt, Sennor,« antwortete höflich der Graf.

»Ich danke Euch für die gute Meinung, die Ihr von mir habt, Sennores; ohne Zweifel wünscht Ihr, daß diese junge Dame Euch zurückgegeben werde.«

»Und wenn ich es nicht zugebe, daß Ihr sie mitnehmt,« sagte Don Melchior stolz.

»Ich werde Euch eine Kugel durch den Kopf jagen, Sennor,« unterbrach ihn Cuellar kalt; »glaubt mir, versucht nicht, gegen mich zu kämpfen, benutzet im Gegentheil in diesem Augenblick meine gute Laune, Euch aus dem Staube zu machen; denn ich könnte leicht den letzten Beweis von Güte, den ich Euch gebe, vergessen, und Euch Euren Feinden überlassen.«

»Sei es,« sagte Don Melchior mit Bitterkeit, »ich ziehe mich zurück, weil ich dazu gezwungen bin,« und den Graf mit Verachtung messend, setzte er hinzu: »Wir werden uns wiedersehen, Sennor, und dann hoffe ich, wenn die Gewalt nicht vollständig auf meiner Seite ist, werden die Chancen wenigstens gleich sein.«

»Darin seid Ihr wieder in Irrthum, Sennor; ich setze zu viel Vertrauen auf Gott, um zu glauben, daß es nicht immer so sein würde.«

»Wir werden sehen!« antwortete Jener dumpf, indem er einige Schritte zurücktrat, als wollte er sich entfernen. »Und Euer Vater? Wünscht Ihr nicht zu wissen, welches Resultat Euer Hinterhalt in Bezug auf ihn gehabt hat?« nahm Dominique mit drohendem Tone das Wort.

»Ich habe keinen Vater,« erwiderte gehässig Don Melchior.

»Nein!« rief der Graf mit Abscheu, »denn Ihr habt ihn getödtet.«

Der junge Mann schauderte, eine Leichenblässe bedeckte sein Gesicht, ein bitteres Lächeln glitt über seine Lippen und einen giftigen Blick auf die Umstehenden werfend, rief er mit erstickter Stimme:

»Es sei, ich nehme diese neue Beleidigung an, macht Platz für den Vatermörder!«

Jeder wich entsetzt zurück und folgte mit erschrecktem Blick diesem Ungeheuer, welches sich scheinbar ruhig und friedlich durch die Ebene entfernte.

Cuellar selbst blickte ihm kopfschüttelnd nach.

»Dieser Mann ist ein Dämon,« murmelte er und machte das Zeichen des Kreuzes.

Eine Bewegung, die ehrfurchtsvoll von den Soldaten nachgeahmt wurde.

Darauf nahm Dominique Donna Dolores in seine Arme, legte sie auf das Pferd des Grafen und die jungen Leute kehrten, von Cuellar begleitet, zu Don Andrès zurück.

Die Peonen hatten die Wunden ihres Herrn, so gut es ging, verbunden.

Auf den Befehl des Grafen verfertigten sie nun eine Tragbahre aus Baumzweigen, bedeckten dieselbe mit ihren Zarapen und legten den Greis und seine Tochter darauf.

Don Andrès war noch immer bewußtlos.

Cuellar nahm hierauf Abschied von dem Grafen.

»Ich bedauere mehr, als ich zu sagen vermag, dieses unglückliche Ereigniß,« sagte er mit einer gewissen Traurigkeit; »obwohl dieser Mann ein Spanier ist und demzufolge ein Feind Mexiko's, erfüllt mich dennoch der Zustand, in welchen er versetzt worden ist, mit Mitleid.«

Die jungen Leute dankten dem rauhen Guerillero für diesen Beweis von Theilnahme und nachdem sie ihre Verwundeten aufgehoben, trennten sie sich von ihm, indem sie ihren Weg nach Puebla einschlugen, wo sie zwei Stunden später, von mehren Verwandten Don Andrès' begleitet, anlangten, die durch einen vorausgeschickten Peonen unterrichtet, ihnen entgegen gekommen waren.

IX.

Verwicklungen.

Loïck schwieg.

Die Erzählung des Ranchero war lang gewesen; Don Jaime hatte ihm, ohne ihn zu unterbrechen, mit kaltem, gleichgültigen Gesicht, aber blitzenden Augen zugehört.

»Habt Ihr nun Alles berichtet?« fragte er, indem er sich zu Loïck wandte.

»Ja, Alles, Herr.«

»Auf welche Weise seid Ihr von den geringsten Einzelheiten dieser schrecklichen Katastrophe unterrichtet worden?«

»Dominique selbst hat mir das Ereigniß mitgetheilt; er war halb närrisch vor Schmerz und Wuth, und da er wußte, daß ich mich zu Euch begab, so hat er mich beauftragt, es Euch zu sagen ...«

Don Jaime unterbrach ihn rasch.

»Es ist gut, hat Euch Dominique keine Botschaft für mich gegeben?« sagte er, ihn mit flammendem Auge anschauend.

Der Ranchero wurde verwirrt.

»Herr,« stammelte er.

»Zum Henker mit dem Britten,« rief der Abenteurer, »warum wirst Du verlegen? Laß hören, sprich.«

»Herr,« begann entschlossen der Vaquero, »ich fürchte, eine Dummheit begangen zu haben.«

»Ei, das vermuthete ich, Deine Miene widerspricht dem nicht; welche Dummheit ist es denn?«

»Die Sache ist folgende: Dominique schien so verzweifelt, Euch nicht auffinden zu können, und ein solches Bedürfniß zu haben, mit Euch zu sprechen, daß ...«

»So daß Du nicht schweigen konntest und ihm verrathen hast ...«

»Wo Eure Wohnung ist, Herr, ja.«

Nach diesem Geständniß beugte der Ranchero demüthig das Haupt, als hätte er die innere Ueberzeugung, ein großes Verbrechen begangen zu haben.

Es trat ein kurzes Schweigen ein.

»Natürlich hast Du ihm auch gesagt, unter welchem Namen ich mich in diesem Hause verborgen halte,« fing Don Jaime nach einer Weile wieder an.

»Freilich,« antwortete Loïck naiv, »wenn ich es nicht gethan hätte, würde er in großer Verlegenheit gewesen sein, Euch aufzufinden, Herr.«

»Das ist allerdings richtig; also wird er kommen?«

»Ich fürchte es.«

»Es ist gut.«

Don Jaime ging im Zimmer auf und nieder und überlegte, dann näherte er sich dem noch immer auf seinem Platze harrenden Loïck.

»Seid Ihr allein nach Mexiko gekommen?« fragte er ihn.

»Lopez begleitet mich, Herr, aber ich habe ihn in einem Branntweinladen an der Barrière von Belem zurückgelassen, dort erwartet er mich.«

»Gut, so holt ihn, aber sagt ihm nichts; in einer Stunde, nicht früher, kommt Ihr mit ihm hierher, vielleicht werde ich Eurer bedürfen.«

»Seid unbesorgt, Herr,« erwiderte der Andere, indem er sich die Hände rieb, »wir werden nicht fehlen.«

»Jetzt lebt wohl.«

»Verzeiht, Herr, ich habe Euch noch einen Brief zu übergeben.«

»Einen Brief! Von wem!«

Loïck griff in seinen Dolman, zog ein sorgfältig versiegeltes Papier daraus hervor und überreichte es Don Jaime.

»Hier ist er,« sagte er.

Der Abenteurer warf nur einen Blick auf die Aufschrift.

»Don Estevan!« rief er freudig aus und erbrach rasch das Siegel.

Das obwohl sehr kurze Billet war in einer Zeichensprache geschrieben, und lautete folgendermaßen:

»Alles geht nach Wunsch; unser Mann kann der ihm dargereichten Lockspeise nicht widerstehen. Sonnabend, Mitternacht, peral.

»Hoffnung!«

Cordoue.«

Don Jaime zerriß das Billet in winzige Stückchen.

»Welchen Tag haben wir?« fragte er Loïck plötzlich.

»Heute?« entgegnete dieser, durch diese unerwartete Frage bestürzt.

»Dummkopf! wahrscheinlich handelt es sich weder um gestern noch um morgen.«

»Das ist wahr, Herr, wir haben Dienstag heute.«

»Konntest Du das nicht gleich sagen?«

Sobald Don Jaime durch Freude oder durch Zorn bewegt war, dutzte er Loïck; dieser wußte es, und die Art und Weise, wie der Abenteurer mit ihm sprach, war für ihn ein unfehlbarer Barometer, in welchem er sich niemals irrte.

Wieder ging Don Jaime nachdenklich im Zimmer auf und nieder.

»Kann ich mich entfernen?« wagte endlich Loïck zu sagen.

»Du könntest schon zehn Minuten fort sein,« antwortete er barsch.

Der Ranchero ließ sich das nicht zweimal wiederholen. Er grüßte und entfernte sich.

Don Jaime blieb allein, aber wenige Augenblicke später ging die Thür auf und die beiden Damen traten wieder ein.

Ihre Gesichter waren unruhig, sie näherten sich furchtsam dem Abenteurer.

»Hast Du schlechte Nachrichten erhalten, Don Jaime?« fragte Donna Maria.

»Leider ja! meine Schwester,« antwortete er, »sogar sehr schlechte.«

»Kannst Du sie uns nicht mittheilen?«

»Ich habe durchaus keinen Grund, daraus ein Geheimniß zu machen, überdies betreffen dieselben Personen, welche Ihr liebt.«

»Himmel!« rief Donna Carmen indem, sie die Hände faltete, »Dolores vielleicht?«

»Dolores, ja, mein Kind,« erwiderte Don Jaime, »Dolores, Eure Freundin; die Hacienda del-Arenal ist von den Juaristen überfallen und niedergebrannt worden.«

»Oh! mein Gott!« riefen die beiden Damen schmerzlich aus, »arme Dolores! und Don Andrès?«

»Don Andrès ist schwer verwundet.«

»Gott sei gelobt, daß er nicht todt ist.«

»Es wird nicht viel besser sein.«

»Wo sind sie in diesem Augenblick?«

»Nach Puebla geflüchtet, wo sie unter der Escorte einiger ihrer Peonen, unter Leo Carral's Leitung, angekommen sind.«

»Oh! Leo Carral ist ein treuer Diener.«

»Ja, aber ich glaube, daß wenn er allein gewesen, es ihm nicht gelungen wäre, seinen Gebieter zu retten; glücklicherweise hatte Don Andrès zwei französische Edelleute, den Grafen de-la-Saulay ...«

»Der, welcher Dolores heirathen soll?« unterbrach ihn lebhaft Donna Carmen.

»Allerdings, und den Baron Charles de-Meriadec, Attaché bei der französischen Gesandtschaft bei sich. Es scheint, daß diese beiden jungen Leute Wunder von Tapferkeit vollbracht haben, und Dank derselben unsere Freunde dem schrecklichen Schicksal, welches sie bedrohte, entgangen sind.«

»Gott segne sie!« rief Donna Maria, »ich kenne sie nicht, aber schon habe ich ein Interesse für sie, als wären es alte Freunde von mir.«

»Den Einen von Beiden werdet Ihr bald kennen lernen.«

»Ah!« machte neugierig das junge Mädchen.

»Ja, ich erwarte jeden Augenblick den Baron von Meriadec.«

»Wir werden ihn auf's Beste empfangen.«

»Ich bitte Euch darum.«

»Aber Dolores kann nicht in Puebla bleiben.«

»Das ist auch meine Meinung; ich gedenke, mich zu ihr zu begeben.«

»Warum kommt sie nicht zu uns?« meinte Donna Carmen; »sie würde hier in Sicherheit sein und ihrem Vater die nöthige Pflege nicht fehlen.«

»Du hast ganz Recht, Carmen; vielleicht würde es besser sein, wenn sie einige Zeit bei Euch bliebe; ich werde darüber nachdenken. Vor allen Dingen muß ich Don Andrès sehen, um zu beurtheilen, ob er in dem Zustand, in welchem er sich befindet, eine Reise vertragen kann.«

»Ich bemerke, mein Bruder,« sagte Donna Maria, »daß Du von Dolores und ihrem Vater gesprochen, aber Don Melchior nicht erwähnt hast.«

Bei diesen Worten verfinsterte sich das Gesicht Don Jaime's.

»Sollte ihm ein Unglück geschehen sein?« rief Donna Maria.

»Wollte Gott, daß es so wäre!« antwortete er mit einer Trauer, die nicht frei von Zorn war, »sprich niemals wieder von diesem Menschen, er ist ein Ungeheuer.«

»Mein Gott! Du erschreckst mich, Don Jaime.«

»Ich habe Euch doch erzählt, daß die Hacienda del-Arenal von den Guerilleros überfallen worden ist, nicht wahr?«

»Ja,« antworteten sie mit klopfendem Herzen.

»Wißt Ihr, wer die Juaristen anführte und ihnen als Führer diente? Don Melchior de-la-Cruz.«

»Oh!« riefen die beiden Frauen entsetzt.« »Später, als es Don Andrès und seiner Tochter gelang, in Folge eines Vertrags ungehindert sich zu entfernen, um sich nach Puebla zu begeben, lauerte ihnen ein Mann in geringer Entfernung von der Stadt auf und griff sie verrätherischerweise an. Dieser Mann war abermals Don Melchior.«

»Oh! das ist abscheulich!« riefen Beide, indem sie ihr Gesicht in den Händen verbargen und in Schluchzen ausbrachen.

»Nicht wahr?« fuhr er fort, »um so abscheulicher, als Don Melchior den Tod seines Vaters kalt berechnet hatte, sich durch einen Vatermord des Vermögens seiner Schwester bemächtigen wollte, ein Vermögen, auf welches er kein Recht hat und dessen ihn die demnächstige Heirath Donna Dolores', wie er wenigstens glaubt, vollständig beraubt.«

»Dieser Mensch ist furchtbar,« sagte Donna Maria.

Die beiden Damen waren durch diese Eröffnung ganz niedergeschmettert worden. Ihre Freundschaft mit der Familie de-la-Cruz bestand seit langer Zeit, die beiden jungen Mädchen waren fast miteinander erzogen worden. Sie liebten sich wie zwei Schwestern, obwohl Donna Carmen etwas älter als Donna Dolores war; so hatte denn auch die Nachricht von dem Unglück, welches so plötzlich über Don Andrès hereingebrochen war, sie mit Schmerz erfüllt. Donna Maria bestand eifrig darauf, daß Don Andrès und seine Tochter nach Mexiko gebracht und in ihrem Hause Wohnung nehmen sollten, wo Donna Dolores Pflege und Trost in ihrem Unglücke finden würde.

»Ich werde sehen,« antwortete Don Jaime, »und will es versuchen, doch wage ich noch nichts zu versprechen; ich gedenke noch heute nach Puebla abzureisen, und wenn ich nicht den Besuch des Baron's von Meriadec erwartete, würde ich sogleich aufbrechen.«

»Es wird das erste Mal sein,« sagte Donna Maria sanft, »wo ich Dich fast ohne Bedauern werde scheiden sehen.«

Don Jaime lächelte.

In diesem Augenblick hörte man die Hausthür öffnen, und gleich darauf vernahm man den Schritt eines Pferdes in der Vorhalle.

»Das ist der Baron,« bemerkte der Abenteurer, und er ging seinem Besuche entgegen.

Es war in der That Dominique, welcher anlangte.

Don Jaime reichte ihm die Hand und ihm einen bedeutsamen Blick zuwerfend, sagte er in französischer Sprache, welche die beiden Damen vollkommen sprachen:

»Seid willkommen, mein lieber Baron, ich sah Eurer Ankunft mit Ungeduld entgegen.«

Der junge Mann sah ein, daß er vorläufig sein Incognito bewahren mußte.

»Ich bin untröstlich, daß ich Euch warten ließ, theurer Don Jaime,« erwiderte er, »aber ich komme direct von Puebla und es ist nichts Neues für Euch, wenn ich Euch sage, daß dies ein sehr weiter Weg ist.«

»Ich kenne ihn,« erwiderte lächelnd Don Jaime, »aber laßt uns nicht länger hier verweilen, kommt, damit ich Euch den beiden Damen vorstelle, welche Euch kennen zu lernen wünschen.«

»Meine Damen,« sagte Don Jaime, als er in das Zimmer trat, »erlaubt nur, Euch den Baron Charles de-Meriadec, Attaché der französischen Gesandtschaft, einen meiner besten Freunde vorzustellen. Mein lieber Baron, ich habe die Ehre, Euch mit meiner Schwester Donna Maria und meiner Nichte Donna Carmen bekannt zu machen.«

Obwohl der Abenteurer wahrscheinlich absichtlich nur die Vornamen der beiden Damen genannt hatte, schien dennoch der junge Mann nicht darauf geachtet zu haben und begrüßte sie ehrerbietig.

»Nun,« begann Don Jaime heiter, »da Ihr unsere spanische Gastfreundschaft kennt und Ihr in der Familie seid, so gebt uns Eure Wünsche zu erkennen, wenn Ihr etwas bedürft.«

Man setzte sich und plauderte, während Erfrischungen herumgereicht wurden.

»Ihr könnt vollkommen offen sprechen, Baron,« sagte Don Jaime, »die Damen haben von dem schrecklichen Ereigniß in Arenal gehört.«

»Schrecklicher, als Ihr vielleicht vermuthet,« entgegnete der junge Mann, »und da Ihr Euch für die unglückliche Familie interessirt, fürchte ich. Euren Schmerz noch vergrößern zu müssen und ein Bote schlechter Nachrichten zu sein.«

»Wir sind innig mit Don Andrès de-la-Cruz und seiner liebenswürdigen Tochter befreundet,« antwortete Donna Maria.

»So verzeiht mir, Madame, wenn ich nur traurige Dinge Euch mitzutheilen habe.«

Der junge Mann hielt inne.

»Oh! sprecht, sprecht.«

»Ich habe nur wenige Worte zu sagen: Die Juaristen haben sich Puebla's bemächtigt, die Stadt hat sich bei der ersten Aufforderung übergeben.«

»Die Feiglinge!« rief der Abenteurer und schlug mit der Faust auf den Tisch.

»Ihr wußtet es nicht?«

»Nein, ich glaubte sie noch in der Macht Miramon's.«

»Die erste Sorge der Juaristen war, nach ihrer unveränderlichen Gewohnheit, die Fremden und hauptsächlich die in der Stadt wohnenden Spanier gefangen zu nehmen; einige sind sogar erschossen worden ohne irgend einen Proceß; und da die Gefängnisse überfüllt waren, sah man sich genöthigt, mehre Klöster zur Einkerkerung der Gefangenen zu benutzen; der Schrecken herrscht in Puebla.«

»Fahrt fort, mein Freund ... und Don Andrès?«

»Don Andrès ist, wie Ihr ohne Zweifel wißt, schwer verwundet.«

»Ja, ich weiß es.«

»Sein Zustand läßt wenig Hoffnung. Der Gouverneur der Stadt hat, trotz der Vorstellungen der Notabeln und der Bitten aller rechtschaffenen Leute, Don Andrès als des Hochverraths verdächtigt, – dies sind die Ausdrücke in dem Verhaftsbefehl – fortführen und ungeachtet der Thränen seiner Tochter und aller seiner Freunde in den Kerker der Inquisition werfen lassen. Das von Don Andrès bewohnte Haus ist geplündert und gänzlich demolirt worden.«

»Aber das ist entsetzlich, das ist grausam.«

»Oh! das ist noch nichts!«

»Wie, nichts?«

»Don Andrès ist vor Gericht gebracht worden und da er seine Unschuld, trotz aller Bemühungen der Richter, ihn zu einer Selbstanklage zu bringen, betheuerte, ist er zur Tortur verurtheilt worden.«

»Zur Tortur!« riefen die Zuhörer mit Entsetzen.

»Ja, dieser verwundete, sterbende Greis ist an den Daumen aufgehängt worden und hat zu zwei verschiedenen Malen Stockschläge bekommen. Trotz dieser Marter ist es seinen Henkern nicht gelungen, ihm das Geständniß der Verbrechen, die sie ihm zuschreiben und an denen er unschuldig ist, zu entlocken.«

»Oh! das überschreitet alles Glaubliche,« rief Don Jaime, »der Unglückliche ist ohne Zweifel gestorben?«

»Noch nicht, oder vielmehr war er bei meiner Abreise von Puebla noch am Leben; er ist nicht einmal verurtheilt, die Henker haben keine Eile, ihnen gehört die Zeit, sie spielen mit ihren Opfern.«

»Und Dolores!« rief Donna Carmen, »arme Dolores! wie sehr muß sie leiden;«

»Donna Dolores ist verschwunden, sie ist entführt worden.«

»Verschwunden!« rief Don Jaime, »und Ihr seid hier, es mir zu sagen!«

»Ich habe Alles gethan, um mein Leben zum Opfer zu bringen,« erwiderte er einfach, »es ist mir nicht geglückt.«

»Ah! ich werde sie wieder finden!« bemerkte der Abenteurer; »und der Graf, was macht er?«

»Der Graf ist in Verzweiflung, er forscht nach ihr, worin ihn Leo Carral unterstützt; ich dagegen habe Euch aufgesucht.«

»Ihr habt wohl daran gethan; Ihr könnt auf mich zählen. Der Graf und Leo Carral sind also in Puebla geblieben?«

»Nur Leo Carral; der Graf ist genöthigt gewesen, vor den Nachstellungen der Juaristen die Flucht zu ergreifen, er hat sich mit seinen Dienern in den Rancho geflüchtet. Täglich kommt sein jüngster

Diener, ich glaube Ibarrù heißt er, in die Stadt, um sich mit Leo Carral zu verständigen.«

»Seid Ihr aus eigenem Antriebe zu mir gekommen?«

»Ja, allein ich habe mich vorher mit dem Grafen berathen, ich wollte nicht ohne seinen Rath handeln.«

»Ihr habt recht gethan; meine Schwester wird für Donna Dolores ein Zimmer bereit halten.«

»Ihr werdet sie also herführen?« riefen beide Damen aus.

»Ja, oder ich werde nicht mehr am Leben sein.«

»So brechen wir auf?« fragte der junge Mann ungeduldig.

»In einem Augenblick, ich erwarte Loïck und Lopez.«

»Loïck ist hier?«

»Er war es, der mir die Nachricht von dem Ueberfall der Hacienda gebracht hat.«

»Ich hatte ihn Euch gesandt.«

»Ich weiß es. Euer Pferd ist ermüdet, Ihr werdet es hier lassen, man wird dafür Sorge tragen und Euch ein anderes geben.«

»Es sei.«

»Ihr habt ohne Zweifel die Hauptverfolger Don Andrès' nennen hören?«

»Es sind drei; der erste ist der Secretair, die verdammte Seele des neuen Gouverneurs, er heißt Don Antonio de Cacerbar.«

»Ihr habt eine glückliche Hand gehabt,« sagte der Abenteurer ironisch: »es ist derselbe Mann, dem Ihr so menschenfreundlich das Leben gerettet habt.«

Der junge Mann stieß einen Wuthschrei aus.

»Ich werde ihn tödten,« entgegnete er.

Don Jaime warf ihm einen erstaunten Blick zu.

»Ihr haßt ihn wohl?« fragte er ihn.

»Selbst sein Tod wird mich nicht befriedigen; die Handlungsweise dieses Mannes ist seltsam, er ist unvermuthet zwei Tage später als die Armee in die Stadt gekommen, um sogleich wieder zu verschwinden und hat wie man sagt, hinter sich eine lange Blutspur zurückgelassen.«

»Wir werden ihn wiederfinden; wer ist der zweite?«

»Habt Ihr ihn nicht schon errathen?«

»Don Melchior, nicht wahr?«

»Gut, so weiß ich, wo ich Donna Dolores zu suchen habe; er ist es, der sie geraubt hat.«

»Und der dritte?«

»Der dritte ist ein junger Mann von schönem, anmuthigem Gesicht, sanfter Stimme und ausgezeichneten Manieren, er allein ist schrecklicher als die beiden Anderen, wie man berichtet; er scheint über eine große Macht zu gebieten und gilt für einen geheimen Agenten Juarez'.«

»Sein Name?«

»Don Diego Izaguirre.«

Das Gesicht des Abenteurers klärte sich auf.

»Gut,« sagte er, »die Sache ist nicht so verzweifelt, als ich fürchtete, es wird uns gelingen.«

»Glaubt Ihr?«

»Ich bin dessen gewiß.«

»Der Himmel erhöre Euch!« riefen die beiden Damen, indem sie die Hände falteten.

Seit der Ankunft des sogenannten Barons war indessen Donna Maria außerordentlich nachdenklich geworden; während der junge Mann mit Don Jaime plauderte, blickte sie mit seltsamer Starrheit auf ihn. Sie fühlte ihre Augen sich mit Thränen füllen, ihre Brust war gepresst, ihr war die Bewegung, in welche sie der Anblick und der Ton der Stimme des jungen Mannes versetzte, den sie dennoch zum ersten Male sah, unerklärlich. Vergeblich suchte sie in ihren Erinnerungen, wo sie diese Stimme schon vernommen, deren Ton für sie etwas Sympathisches hatte und ihr zu Herzen drang. Sie studirte das Gesicht des Vaquero, als suchte sie eine flüchtige Aehnlichkeit mit einer Person, die sie früher gekannt, wieder zu finden. Aber es schien sich eine unübersteigliche Schranke vor ihr empor-zurichten, wie um ihr zu beweisen, daß sie sich durch eine thörichte Hoffnung beherrschen ließ und der Mann, der vor ihr stand, wirk-lich ein Fremder sei.

Don Jaime folgte aufmerksam den verschiedenen Empfindungen, welche sich auf dem Gesichte Donna Maria's spiegelten, aber wel-ches auch seine Meinung über diesen Gegenstand sein mochte, er blieb kalt und scheinbar gleichgültig bei den Entwicklungen dieses geheimen Drama's, welches ihn dennoch auf's Höchste interessiren mußte.

Loïck traf mit Lopez ein; ein frisches Pferd wurde für Dominique gesattelt.

»Laßt uns aufbrechen,« sagte der Abenteurer, indem er sich er-hob, »die Zeit drängt.«

Der junge Mann nahm Abschied von den Damen.

»Ihr werdet wieder kommen, nicht wahr, mein Herr?« fragte ihn Donna Maria freundlich.

»Ihr seid so gütig, Madame,« versetzte er; »daß es ein großes Glück für mich sein wird, Eurer freundlichen Einladung Folge leis-ten zu dürfen.«

Sie gingen hinaus. Donna Maria hielt ihren Bruder am Arm zu-rück.

»Ein Wort, Don Jaime,« sagte sie mit zitternder Stimme.

»Sprich, meine Schwester.«

»Du kennst diesen jungen Mann?«

»Sehr gut.«

»Ist er wirklich ein französischer Edelmann?«

»Er gilt für einen solchen,« antwortete er, sie scharf anblickend.

»Ich war thöricht,« murmelte sie mit einem tiefen Seufzer, indem sie den Arm losließ, den sie bis jetzt fest gehalten hatte.

Don Jaime lächelte, ohne etwas zu erwidern.

Bald darauf vernahm man draußen den Hufschlag der vier Pferde, die sich im schnellsten Trabe entfernten.

Ende des zweiten Teils

Über tredition

Eigenes Buch veröffentlichen

tredition wurde 2006 in Hamburg gegründet und hat seither mehrere tausend Buchtitel veröffentlicht. Autoren veröffentlichen in wenigen leichten Schritten gedruckte Bücher, e-Books und audioBooks. tredition hat das Ziel, die beste und fairste Veröffentlichungsmöglichkeit für Autoren zu bieten.

tredition wurde mit der Erkenntnis gegründet, dass nur etwa jedes 200. bei Verlagen eingereichte Manuskript veröffentlicht wird. Dabei hat jedes Buch seinen Markt, also seine Leser. tredition sorgt dafür, dass für jedes Buch die Leserschaft auch erreicht wird.

Im einzigartigen Literatur-Netzwerk von tredition bieten zahlreiche Literatur-Partner (das sind Lektoren, Übersetzer, Hörbuchsprecher und Illustratoren) ihre Dienstleistung an, um Manuskripte zu verbessern oder die Vielfalt zu erhöhen. Autoren vereinbaren direkt mit den Literatur-Partnern die Konditionen ihrer Zusammenarbeit und partizipieren gemeinsam am Erfolg des Buches.

Das gesamte Verlagsprogramm von tredition ist bei allen stationären Buchhandlungen und Online-Buchhändlern wie z. B. Amazon erhältlich. e-Books stehen bei den führenden Online-Portalen (z. B. iBookstore von Apple oder Kindle von Amazon) zum Verkauf.

Einfach leicht ein Buch veröffentlichen: **www.tredition.de**

Eigene Buchreihe oder eigenen Verlag gründen

Seit 2009 bietet tredition sein Verlagskonzept auch als sogenanntes "White-Label" an. Das bedeutet, dass andere Unternehmen, Institutionen und Personen risikofrei und unkompliziert selbst zum Herausgeber von Büchern und Buchreihen unter eigener Marke werden können. tredition übernimmt dabei das komplette Herstellungs- und Distributionsrisiko.

Zahlreiche Zeitschriften-, Zeitungs- und Buchverlage, Universitäten, Forschungseinrichtungen u.v.m. nutzen diese Dienstleistung von tredition, um unter eigener Marke ohne Risiko Bücher zu verlegen.

Alle Informationen im Internet: **www.tredition.de/fuer-verlage**

tredition wurde mit mehreren Innovationspreisen ausgezeichnet, u. a. mit dem Webfuture Award und dem Innovationspreis der Buch Digitale.

tredition ist Mitglied im Börsenverein des Deutschen Buchhandels.

Dieses Werk elektronisch lesen

Dieses Werk ist Teil der Gutenberg-DE Edition DVD. Diese enthält das komplette Archiv des Projekt Gutenberg-DE. Die DVD ist im Internet erhältlich auf **http://gutenbergshop.abc.de**